圆舞

YUAN WU

著

人民东方出版传媒
东方出版社

本书简体字版经天地图书出版有限公司授权出版
非经书面同意，不得以任何形式复制、转载
本书仅限中国大陆地区发行、销售
北京市版权局著作权登记号：图字：01-2013-1894号

图书在版编目（CIP）数据

圆舞／（加）亦舒著．—北京 ：东方出版社，2013
ISBN 978-7-5060-6911-3

Ⅰ.①圆… Ⅱ.①亦… Ⅲ.①长篇小说－加拿大－现代
Ⅳ.①I711.45

中国版本图书馆CIP数据核字(2013)第233645号

圆舞
（YUAN WU）

亦 舒 著

责任编辑： 辛岐波 庆 宇
出 版： 东方出版社
发 行： 人民东方出版传媒有限公司
地 址： 北京市东城区朝阳门内大街192号
邮政编码： 100010
印 刷： 北京海石通印刷有限公司
版 次： 2013年11月第1版
印 次： 2013年11月北京第1次印刷
开 本： 880 毫米×1230 毫米 1/32
印 张： 8.25
字 数： 174千字
书 号： ISBN 978-7-5060-6911-3
定 价： 28.00 元
发行电话： (010) 65210059 65210060 65210062 65210063

我的一生，像是受一个男人所控制，使我不能自由投入别的感情生活，不过我与他之间，却没有怨怼愤恨。我们深爱对方，但他既不是我的配偶，又不是情人。

这一段感情，长而劳累，却不苦涩。

认识傅于琛那一年，我只有七岁。

并不是一个平凡的七岁。

母亲在那一年再婚，举行盛大的舞会，傅于琛是宾客之一。

那一日，我被穿上白色的纱衣，戴起白色的手套，站在舞会的一角，权充布景。

已经很倦很倦，一早起来，到婚姻注册处观礼，见母亲身上缎子礼服，已深觉滑稽，低领子、粉红色，像睡衣似的。

一旁有观礼的亲友，不住投来好奇的目光，细细声称我为油瓶，指指点点。

礼毕后有人一手拉起我走，看着车子有空位把我抛进去，载我到茶楼，胡乱给我一碗面。

这时纱裙刺我腿，半天没有说过一句话，吃不饱，并且觉得凉。

母亲在很远的地方，换上长旗袍与亲友拍照，忽然一叠声叫人传我。他们把我一手交一手送到母亲身边，她亲昵地用手搭住我的肩膀，示意我看牢照相机，咔嚓一声——这张照片我至今保留着。

在彩照中，母与女看着镜头，头碰头，不知有多亲热，但事实，事实永远不是那回事。

拍完照，她又飞到别人身边去。

连我都知道，这是她的大日子。

她的妆很浓很深色，远看倒红是红，白是白，近看只见炭黑色勾出大眼圈，假的睫毛如扇子似的，笑起来粉陷在皱纹里，牙齿上有烟渍子。

从没有见过这么粗陋虚假的面孔。我记得母亲从前有最细滑的皮肤，父亲叫我与她排队香面孔，然后会笑说，面皮一样细滑哩。

我很困惑，又不敢出声，吃完面又被送上车子，接到舞会。

年纪大的亲戚都没有来，母亲又换了衣裳，与惠叔叔跳起舞来。

那时才黄昏，他们已开始喝酒。有一个很高很大的蛋糕，上面放着两个小小糖人，象征新郎新娘，母亲与惠叔叔四只手握着一把刀，用力切下去，众人便拍手。

我觉得非常非常寂寞，非常非常累，踯躅到一角，坐下，低头看着自己的皮鞋，本是新的白鞋，不知被谁踩了一脚，有一个黑印子。

我抓紧手袋，里面有一块手帕与十块钱。

一会儿，当一切结束之后，母亲会带我回新家，同惠叔叔一起住。

因为祖母与外婆以及父亲都不肯收留我。

舞会中裙子擦裙子，窸窸窣窣。

天黑了，我仍躲在一角，忽然之间，再也忍不住，眼泪掉下来。

我跑到一个角落去专心哭泣。

"你好。"

有人在我背后说。

一整天都没有人同我说话。这会是谁呢？

我抬起头，看到一个男人，年纪比惠叔年轻点，正探头看我呢。

我别转身子，不让他知道我在哭。

"你是谁？"他问我。

我不回答。

"不会说话吗，"他取笑我，"是哑巴吗？"

"谁是哑巴，你才是哑巴。"

他算准孩子会这样回答。

"你为什么哭？"

"我没有哭。"

"哦，那么一定是灰尘掉到眼睛里。"

我不去理他。

"啊，对了，我的名字叫傅于琛。"

"付于心。"

"是。"

继后许多许多年，我都叫他付于心。

"你叫什么？"

我不肯回答。

"你父亲呢？"

"他不在这里。"

"你母亲呢？"

我也不肯回答。

"她穿什么颜色衣服？"

"白色。"只有一个女人穿白色。

他往舞池方向打量一会儿，一呆。

"你姓周？"他问。

我点头。

"原来如此。"声音非常非常温柔。

母亲与惠叔叔搂着笑个不停。

"你一定饿了。"

我点点头。

"来，我带你去吃东西。"

我摇头。

"为什么？"

"不要跟陌生人走。"

"对的。那么你要吃什么？"

我仍摇头。

"等一会儿，我马上回来。"他笑笑走开。

我等他，他没有使我失望，带热狗与牛奶回来。

我很怀疑吃了脑袋会长出耳朵来变驴子，但是实在太饿，全部吃下去。

然后瞌睡。

记得找到张沙发，靠着就闭上眼睛。

也不知睡了多久。

是母亲一直摇我，我听到她声音："老傅，玩得高兴吗？怎么不见你跳舞，同谁来？"

惠叔也在一旁说："伊莉莎白黄呢？我们明明请了她。"

我睁不大眼睛。

"女儿叫什么名字？"

"承钰。"

"很特别的名字。"

母亲不愿意再讨论下去。"怎么办，惠，你背她出去？"

"叫醒她。"

"我来。"

"老傅，没想到你喜欢小孩子。"

"错了，我并不喜欢小孩。"

我由他抱起，送上车。

婚礼完毕，母亲成了惠太太。

在别的地方，还有一个惠太太，离了婚，带着两个男孩，与母亲不见面。

住在惠家，生活很过得去。惠叔叔是那种很不在乎的人，不拘小节，家里多双筷子，根本不在计较范围，不过他也绝对不会前来嘘寒问暖。

一年之后，他忘了家中有这么一个女孩，正合我意。

女佣是母亲带过来的，服侍周到。这是我一生中，过得异常舒畅的一段日子。

惠叔是个好人。

他喜欢旅行，与母亲不断外出，我的抽屉里放满了各国纪念品。

有一只玻璃镇纸，自德国带回，半圆形，里面有间小小红色屋顶的小房子。摇动镇纸，白色的碎屑在液体中搅动，像下雪。我称它为下雪的镇纸。

又有一串莱茵石的项链，因为掉了一粒，母亲将它给我玩，我爱把它垂在额前，扮作印度舞娘。

抽屉里太多别的同龄女孩所没有的玩意儿，这是我所得到的。

我失去的呢？最令我纳闷的是，以后再也没有见过亲生爸爸。

不知他去了什么地方，同什么人在一起，有没有想念我。

完全不知道。

不过我仍然跟他的姓，我姓周。

母亲还帮我收集各类明信片，这使我小学时期在同学面前地位崇高。每次带两三张去学校，告诉他们，巴黎圣母院以及埃及金字塔有什么特色……

我所有的，他们都可以看得到；我所没有的，他们不知道。

但自小朋友艳羡目光中，我获得快乐。

快乐有许多许多种，当我知道能够再见到付于心的时候，那快乐的感觉是真实的。

一日母亲说："老傅回来了。"

惠叔问："你怎么知道？"

"他寄来一张明信片，说要住我们这里。小钰，这张明信片给你，自瑞士寄出来。惠，他在那边干什么？"

"研究异性。"

我一时没有省悟明信片的主人是谁，只看见背后贴着张巨型七彩斑斓的邮票，心中已有点欢喜。他写的是英文，但签名是中文，写着傅于琛，我信口念出来："傅子探。"

惠叔笑："不不不，是傅于琛。"

付于心！

我眼前亮起来。

母亲咕哝："小钰你的中文程度差得很哇。"

惠叔说："他们这一代是这样的了。"

母亲说："他是否同伊莉莎白黄一起回来的呢？"

"去年已经分手了。"

"是吗，我从没听说过，你是哪里得来的消息？"

"不知谁说的。"

"他们住纽约也有一段长日子。"

"如今傅老头死了，他也该回来了。"

"当年，他对我有意思……"

惠叔不搭腔，嗤一声笑出来。

母亲恼："你笑什么，不相信？你有胆子问他去！"

我取起明信片退回房间。

我记得他。

他是那位善心的先生，在我最寂寞的时候陪我说话，给我吃东西，到最后，背我回家。

我把明信片后每一个英文字抄出来，有些可以辨认，有些不，然后查字典，所得结果如下：

"……七月一日回来，暂留府上……物色……叙旧……遗嘱善待……再见。"

七月一日，还有两个星期。

届时他会发觉我已长大很多，并且不会在派对中瞌睡。

七月还没有来，母亲已经与惠叔生气。

另一位惠太太，要带着孩子回来度暑假。

他们已有多年没回来，惠叔兴奋，但母亲不。

她要他们三人去住酒店，惠叔不肯。

"这也是他们的家！"

另一位惠太太回娘家，但儿子们一定要同父亲团聚。

母亲非常非常生气，她甚至哭泣，但惠叔没有屈服，他们大声向对方呼喝，然后不说话。

他们像小孩子。

当大人像小孩的时候，小孩只得迅速长大。

我维持缄默。

快乐无事的日子，是否要从此结束？

母亲收拾行李，前往伦敦。惠叔并没有阻止她，只是说："倦的时候，回来吧。"

母亲说："我恨你。"

跟电影一样。

她提着箱子离去，跟往常那样，她没有想到我的处境。

她应该带我一起走，但或者她还会回来，届时才带我走，或是不走。

我看不出有什么理由，她不让惠叔的儿子同他们父亲住。

毕竟我同惠叔一点关系都没有，也已住在这里好几年。

我变得很沉默很沉默。

当惠叔与付于心一起出现的时候，我没有期望中一半那么开心。

一见惠叔回来，我立即站起避入屏风后。

付于心一脸胡髭，看上去有倦态，但眼睛十分明亮。

他问惠叔："女主人呢？"

"女人！"是惠叔的答案。

"怎么了？"

"她出去旅行了。"

"吵架？"

惠叔说："不说这个，我替你备妥客房。"

圆舞　　009

"谢谢。"

"你同你父亲可有言归于好？"

"老惠，我不问你的事，你也别问我的事。"

"是是是。"

"给我一杯白兰地。"

斟酒的声音。

"老惠，这是什么？这喝了会盲！"

惠叔尴尬地说："在外头住这么多年，还嘴刁。"

两人哈哈笑起来。

我刚想躲进房间，付于心说话了。

"你一个人住？"

"是。"

"那小女孩呢？"

"什么小女孩？"

"喏，倩志的小女孩。"

"哦，你指小钰。"

"她还同你住吗？"

"同。"

"我可否见她？"

"当然，陈妈，把小钰叫出来。"

女佣应了一声。

"她开心吗？"

"谁？"

"周承钰。"

"我想还好吧，喂，老傅，没想到你对儿童心理有兴趣。"

我转身回房间。

陈妈正找我，笑说："出去见客人，来。"

我随她身后。

付于心一见我，有说不出的高兴："哈罗，你好吗？"

我微笑，他还当我是小孩子。

"你长高许多。"他说。

惠叔感喟说："她最乖。"

"而且漂亮。"

我垂下头。

"还是不爱说话？"付于心低头来问我。

我避开他的目光。

他哈哈笑起来。

惠叔走开去听电话，书房只剩下我们两个人。

"每次见到你，你总似不大高兴。"

我仍不说话。

"我有礼物送给你。"

"我不要洋娃娃。"

他诧异地看着我："咦，说话了。"

"我不再玩洋娃娃了。"

"但是我没想过你会喜欢洋娃娃。"

他自行李筐中取出一只盒子，递给我。

"能拆开看吗？"我说。

"自然。"傅于琛说。

盒子是旧的饼干盒，有二十厘米乘三十厘米那么大。打开来，满满一盒邮票，且都是旧的，世界各地都有，三角形、长方形，美不胜收。

我心头狂跃："都给我？"

他点点头："全是你的。"

"啊，谢谢你，谢谢你。"我把盒盖关好，将盒子拥在胸口。

"是谁送你钟爱的礼物？"

"你。"

"我是谁？"

"你是傅于琛。"

"啊，你竟记得我的名字。"

"是，而且会写你的姓名。"

"谁教你的？"

"我已经九岁，何用人教？"

"哦，失敬失敬，已经九岁。喂，小姐，能否握手？"

我伸出手与他握。

他的手大而温暖有力，他的手一直在保护我。

"小姐，你认为我们可否成为朋友？"

"可以可以可以。"

"你很少这么奋勇的吧？"

我的面孔涨红。

"对了，你母亲呢？"

"在伦敦。"

"或许我可以用电话与她谈谈，叫她回来，你认为如何？"

"谢谢你。"我感激得想哭。

"不是问题，举手之劳。"

那夜他与母亲说了很久，但是母亲没有答应回来。

惠叔不见得非她不可，他热烈地进行着迎妻活动，渴望见到两个儿子。

惠叔说："十五岁与十三岁，想想看，竟这么大了，老大听说有一米七高。"

那简直大人一样了，我惊异，这么高大！

当他们两兄弟真人出现的时候，体型比我想象中更巨大。

我想那是因为他们姓惠的缘故，而我，我姓周。相形之下，我的尺码顿时缩了一截。

这原是他们的家。

付于心像是看穿我的心事，他轻轻说："不要紧，我也不姓惠。"

我看他一眼，但他很快就会搬走，而我，我不知要住到几时。

这是我第一次尝到寄人篱下的滋味。

后来在人生道路上，我吃了许多许多苦，但首宗，还是寄人篱下之苦，比生老病死更甚。

从那个时候开始，我发誓要有自己的家，有自己的巢，在外头受风吹雨打，回来亦可关上门舔伤。

晚上惠叔出去与家人吃饭，幸好有付于心与我同在，我听到他在长途电话中与我母亲争执。

"你应回来，你怎么可以把承钰丢在惠家不理？是，我多管闲事，但是你还想在伦敦待多久？你的余生？"

我躲进衣橱，并没有哭，哭是没有用的。

但柜里漆黑，特别安全。

傅于琛来找我，他打开房门，再打开橱门，发现了我。

我看着他，他看着我。

然后他非常非常温柔地说："周承钰，要不要拥抱一下？"

当时觉得世上再也不会有人待我似他那么好，即时扑到他怀中，与他紧紧相拥，良久良久没分开。

他说："为你，我会毫不犹疑娶你母亲，尽管她是殊不可爱的女子。"

他的声音很低很低。他时常用那种口吻与我说话，在我情绪最低落的时候，安抚我。

惠叔两个儿子顽皮得不像话，第二天就找我碴，把我自房间拉出来，要在梯间推我下楼。

"哭呀，哭就放过你。"

"把她外套脱下来，在屋内何必穿那么多衣裳。"

惠大把我推向墙角，惠二把我拉出来。

我没有尖叫，因无人理睬。

没有愤怒，只有深深的悲哀。

正在这时候，傅于琛出现在房门口。

"住手！"他说。

惠大惠二嬉皮笑脸："傅叔叔早。"

"再给我看见你们欺侮周承钰，无须征求令尊意见，我就煎你们的皮！"他暴喝一声，"走开！"

惠大惠二连我在内，都惊呆。

惠大嘀咕："这是我们的家不是？"

然而他不敢声张，拉着兄弟走开。

我退至墙角，看着傅于琛。

他柔声问我："要不要做我的女儿？我收你做干女儿可好？"

我缓缓摇头。

"不喜欢？"

"我不要做你女儿。"

"为什么？"他着急。

"我要与你结婚。"

"什么？再说一次。"

我肯定地说："我要嫁给你，做你的妻子。"

"啊！"他惊叹，"真的？"

"因为你对我好，而且保护我。"

"就为了那样？"

"是。"

　　过了许多许多年，才晓得自己原来那么早就有智慧，可是，做人是讲运气的。在我感情生活中，并没有遇见对我好与能保护我的丈夫，许多女人都没有遇到。

　　"谢谢你，"他说，"这是我历年来所听到最好的赞美。"

　　傅于琛一直住在惠家。

　　他为何没有搬出去？

　　为什么他越来越似主人？

　　为什么惠大惠二两只顽皮鬼见了傅于琛便躲远远？

　　为什么惠叔要垂头丧气？

　　一日深夜，惠叔进来与我说话。

　　我在看画报，见他满脸愁容，知道不会是什么好消息。

　　我等他开口。

　　心中异常忐忑，也猜到一二分。

　　"可是妈妈不回来了？"我小声问。

　　"别担心，她总会回来的。"

　　"那是什么事？"

　　"我真不知怎么对你说才好。"

　　"没问题，你说好了，我已经长大。"

　　"真对不起，承钰，恐怕你不能住这里了。"

　　我沉默很久，只觉耳畔嗡嗡响，隔半晌问："惠叔，可是我做错什么，你赶我走？"

　　"不不不，你是乖孩子，完全不是。承钰，惠叔自己也得搬，这屋子卖给人了。"

"为什么？"我惊疑。

"惠叔做生意做输，要卖掉屋子赔给人家，你明白吗？我们都得走。"

我略为好过一些："到什么地方去？"

"我不知道，承钰，我已发电报叫你妈妈来接你。"

"你们到什么地方去？"

"还不知道呢。"

"我母亲是否仍是你妻子？"

"不了，承钰，她要同我离婚。"

"是否因为你穷了？"

"我想有些因素。"他苦笑。

"你怎么忽然之间穷下来了？"

"要命，叫我怎么回答才好。其实我穷了有一段日子了。"

"真的，怎么我看不出来？"

"你是小孩子。"

我叹口气。

那我要到什么地方去住？

我呆呆地看着惠叔，惠叔也看着我。

惠叔是个好人，他不是要赶走我，问题是他连自己都救不了。

我们相对许久，他忽然说："承钰，对不起，我不能保护你。"

我很懂事地安慰他："不要紧，我已经在这里住了很久，生活很舒适。"

我双眼发红，回到自己的房间去。

那夜谁也没有睡好。

做梦，自己变成了乞丐，沿门乞食，无片瓦遮头，一下子，又变成卖火柴女孩，划着一根火柴，又一根火柴，终于冻死在街头。

醒来时一身大汗，坐在床上，不知何去何从。

怎么办呢，我会到什么地方去住？能否带着明信片、下雪的镇纸以及邮票一起去？

我甚至没有行李箱子。

而母亲在这种时候，仍在伦敦。

她是否故意要撇开我？

很有可能我会与她失散，以后都不再见面，然后在我七十多岁的时候，才认回一百岁的她，两个老太婆相拥哭泣。

这些日子，母亲亦买给我一橱衣服，把我的睡房布置得美轮美奂，不过好景不再，我就快要离开，格外留恋这一切。

我留在房中。

傅于琛来敲我的房门。

我开门给他。

"你怎么不出来？"

我悲哀地说："惠叔要搬走了。"

"是，我知道。"

"怎么办呢？"

"那岂不更好，那两个讨厌的不良少年亦会跟着他走。"

"可是你也要走，我也要走。"

"不，你不必走，我也不必走。"

我睁大眼睛，看着他。

"承钰，这将永远是你的家，明白吗？"

我不明白。

但是我如在漆黑的风雨夜中看到金色的阳光。

我问他："是你把房子买下来了？"

"承钰真是聪明。"

"他们要住到什么地方去？"

"我不知道。"他笑。

"那似乎不大好。"

"你真是个善良的小孩子。"

"你会在这里陪我，直到母亲回来？"

"即使我没有空，陈妈也会留在这里。"

我放下了心。

"那么，是不是你把惠叔赶走？"

"不是，你惠叔欠人家钱，我帮他买下房子，解决困难，房子是非卖不可，不管买主是谁，你明白吗？"

我明白，我所不解的是，为何开头我住在惠家，现在又住在傅家，我姓周，应当住周家才是呀。

但只要有地方住，有地方可以放我的邮票，我学会不再发问。

"笑一笑。"

我微笑。

"呀，眼睛却没有笑。"

我低下头。

"与你出去看电影可好？"

我摇摇头。

惠叔那日与两个孩子搬走。

惠大趁人不在意，将我推倒在地上，惠二过来踢我。

我没有出声，只是看着他们，忍着疼痛。

惠大说："多么恶毒的眼睛！"

他吐口唾沫走开。

他们上了惠叔的车子，一起走了。

我自地上起来，手肘全擦破了，由陈妈照料我。

傅于琛看到："这是怎么一回事？"

"我不小心跌倒。"

他凝视我："下次你不小心跌倒，至要紧告诉我听。"

我低下头走开。

听见陈妈说："真是个乖孩子。"

傅于琛说："孩子？我从来没把她当过孩子，她是个大人。"

我不出声。

傅宅举行派对，我没有下去。

人家会怎么说呢，这孩子是谁的呢，她父母在何处，为何她跟一个陌生人住？

但是下午时分，有人来同我梳头，并且送来新衣服。

我同傅于琛说："我妈妈呢，她几时回来？"

暑假快过去了，而她踪影全无。

"告诉你好消息，下个星期你妈妈会回来。"

"真的？"

他点点头："怎么样，穿好衣服，我教你跳舞。"

知道妈妈要回来，心中放下一块大石，乖乖穿上新衣新鞋，与他到楼下。

客人已经到了一大半，簇新面孔，都没有见过，音乐已经奏起。

傅于琛拉着我，教我舞步，大家跟着围成一个大环，我与他跳两下，转个圈，随即有别人接过我的手，与我舞到另一个角落去。

这是我第一次被当做大人看待，很是投入，舞步十分简单，一学即晓。大家边笑边跳，舒畅异常。

当我又转到傅于琛身边，我问他："可否一直同你跳？"

"不，一定要转舞伴。"

"为什么？"

"这支舞的跳法如此。"

"是吗？"

"它叫圆舞，无论转到哪一方，只要跳下去，你终归会遇见我。"

"哦，是这样的。"

他呼吸急促，每个人都挥着汗，喘着气："嗨，跳不动了！"

大家一起停下来，大笑，宽衣，找饮料解渴。

这真是一个有趣的游戏，我会牢记在心。

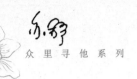
它叫圆舞。

母亲在我们跳完舞许久许久才回来。

都开学了。

由陈妈带我到学校去领书薄单。

由傅于琛派人陪我去买新课本。

所有学费杂费，都由他签支票。

对我来说，再没有别的签名，深切过"傅于琛"这三个字。

我不懂得如何形容当时的心情，只知道无限悲哀愤恨。

父母都置我不顾，叫我接受别人的施舍，尽管傅于琛待我那么好，我却不开心。

母亲自己提着行李回来，坐在客厅里吸烟。

我刚放学，进了屋子，只冷冷地看母亲。

她开了留声机，那首歌叫《何日君再来》。

母亲一直喜欢这首歌，除此之外，她也喜欢比提佩芝，但此刻我已不再关心这些。

我瞪住她，令她如坐针毡。

唱片歌声成为我们之间唯一的道白。那时父亲爱笑问："何日君再来，倩志，你在等谁回来呀？"

可是这些回忆都不再重要了，事实上我也已明白，即使母亲不回来，我也可以活下去。能熬过这四个月，就能熬过一辈子。

陈妈过来打圆场："不是一直等妈妈回来吗，现在妈妈可回来了。"

《何日君再来》唱完，母亲丢下烟蒂，过来看我。她还把我当小孩呢，蹲下来，然后再仰起头，不知多做作，两只手握住我的肩膀，声音作适度颤抖："好吗，女儿，你好吗？"

我记得太清楚了，她的确是这样问我。

我也记得我用力把她推开。

她若无其事地站起来。

"咦，"她说，"这里同从前一模一样。"

"这不是你的家。"我说。

她看着我，脸上转色，随即冷笑："啊，这里难道又是你的家？"

这是我们母女俩第一次吵架。

"没想到小小周小姐比我有办法！"

"倩志，够了。"

我回头，是傅于琛回来了，他总在要紧关头出现救我。

我咚咚咚跑上楼，坐在第一级楼梯，听他们说些什么。

"倩志，对小孩说话，不能如此。"

"她从来不似小孩，"母亲愤愤地，"无论什么时候，都冷冷地看着我，充满恨意！"

"有你这样的母亲，说不定承钰的双眼有一日会学会放飞箭。"

"不要讽刺我好不好，于琛，我也尽了力了，你们为什么都放过她的父亲，偏把矛头指着我？"

傅于琛叹口气："可怜的承钰。"

"你们想我怎么样？卖肉养孤儿？"

"倩志，你到底打算怎么样？"

圆舞　　023

"我要结婚了。"

"又结婚？"

又结婚！

我紧紧闭上眼睛。

"对方不知我有女儿。"

"你是决定撇下承钰？"

母亲不答。

"把她放到保良局去，可是？"

母亲说："这是我们家的事，何劳你来替天行道。"

"你不配做她母亲！"

"这我知道，不用你告诉我。"

"她只有九岁。"

"不关你事。"

"倩志，我愿意收养她。"

我掩上面孔。

"啊，"母亲诧异，"你是真关心她。"

"是的。"

"你会依照手续办理此事？"

"我会。"

"这就是你付飞机票召我回来的原因？"

"是。"

"那也好，"母亲松口气，"那太好了。"

"你没有附带条件？"

"我不见得是卖女儿的人，你别把我想得太坏，我有我的苦衷。傅于琛，你懂得什么？你自出娘胎注定无愁无虑，现在又继承上亿的家产……我累了，明天再说吧。"

"我送你去酒店。"

"什么？"

"我不想看见你。"

母亲听见这句话，呵哈呵哈地笑起来，笑得比哭还难听，像女巫一般。

"陈妈，叫司机送这位女士出去。"

我没有哭。

没有用，他们再也不关心我的死活，哭亦没有用。

我进房间躲着。

真希望下一次开门出来，我已十九岁，不用再靠任何人，可以自力更生。

第二天早上，陈妈上来唤我："傅先生有话同你说。"

我也有话说。打开门，仍然只得九岁。

他的气已消了。

我站在他面前，不知怎么开口。

"失望是不是，不过不要怕，生命中原充满失望。"

他也没打算瞒我什么。

"承钰，你母亲不要你了。"

我也知道这是事实，由他说出来，胸口还犹如中了一拳，比摔在地上还痛。

我颤声问："我父亲呢，能不能叫他回来？"

"我们不知道他在何处。"

我低下头。

"承钰，我愿意收你做义女。"

"如果你不介意，我情愿去孤儿院。"

"但你不是孤儿，你可以住在这间屋子里，到你成年。"

"不。"

"承钰，别固执，你母亲都已经赞同。"

"在孤儿院，大家都没有父母，没有人会笑我。"

傅于琛一直有办法说服我。

第二天，他告了假，带我去参观一所儿童院。

负责人挑了三五个孩子出来，由他们介绍院内生活。

有一个女孩，与我差不多年纪，一直奉承着大人，眼神闪烁，不住赔小心，说许多声"谢谢"与"对不起"，表示她有教养，又向我打听生活情况，对我身上的衣服表示羡慕。

我贴近傅于琛，不敢与她说话。

负责人带我们去参观女童的居所。

一间大房间总共放着八张床，简陋的床垫被褥，床边一张小茶几，这就是她们所能拥有的一切。

我打心底发寒。

总比做卖火柴的女孩好吧，我想。

卫生间在走廊的尽头，大家蹲着就洗身洗衣服，一只只漱口杯上吊着一条条毛巾，无所谓你我她，都可以公用。

这就是我要来的孤儿院。

隔了十年，当我中学毕业，又一次试图离开傅家，自力更生，对这所女童院犹有余悸。

我记得考取了师范学院，兴致勃勃以为是新的里程碑，跑到他们的宿舍一看，也是这样，空无一物的大房间，放四张床，每人一只床头柜，洗手间在走廊尽头。

顿时吓得我面青唇白，打道回府。

对于自小有温暖家庭的人来说，住大房间，吃大锅饭，可能是另一番情趣，另一种经验。

但我接受不来。

那夜，傅于琛诚恳地问我："承钰，你已看过那地方，你真认为，与我同处会比到那里去更差？"

我小小的心灵完全被摧毁。

注定要寄人篱下，就选一个较为理想的环境吧。

我细声说："我愿意留下来。"

过几日，傅于琛办手续成为我正式的监护人。

母亲也在场，大笔一挥，完全与我脱离关系。

那日她竭力地打扮过，小腰身的外套，窄裙。

那套衣裳太小了，绷在身上，现出她的小肚子。她也自觉，老用

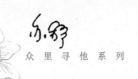
大大的手袋遮住腹部。经济情形一定不好，没有能力买新衣。

傅于琛也不去正面看她。

她甚觉无味，办好事就走了。

傅于琛带我去喝咖啡。

商业区繁忙地带的咖啡座上，他遇到不少熟人，过来打招呼的时候，都对我露出好奇的神色。

我自顾自吃蛋糕，不去理会他们。

老实说，真的沦落到女童院，还有什么私隐可言，沐浴睡觉都得对着大众做，我已丧失畏羞本能。

打那个时候起，养成我除死无大碍的脾性，怕得要死都不露出来，鞠一个躬，说声对不起，又从头来过。

或者这也是傅于琛与我共同的一点，他亦与我一样，冷如万载玄冰。

他没有把我介绍给任何人。

直到一位漂亮的小姐走过来，她叫："于琛，你在本市？"

"伊莉莎白，"他站起来，"请坐。"

我听过这个名字，她姓黄，是他的女朋友，他们有很好的交情。

伊莉莎白是位标致的女子，面孔有股说不出的秀气，眉宇间略为骄傲，但是一笑起来，又被甜美取代，身材高挑，与她男友差不多高，穿得华美讲究。

我不大认识她们这个年纪的女子，但比较之下，也知道她的姿态比母亲要高级得多了。

伊莉莎白坐下来，亲切而善意地问："这位是谁呢？"

傅于琛说："是周承钰小姐。"

"你好。"她说。

我也说："你好。"

她又说："我们一般发型呢，此刻最流行埃及艳后式。"

我并不知道她指什么，维持沉默。

但她是位有教养的女士，并没有与傅于琛作私人谈话，置我不顾，客套几句，她就告辞。

傅于琛站起来把她送回另一张台子去。

来来去去，像是一整套仪式，煞是好看。

当他回来的时候，我比平时更沉默。

是他先问我："她可漂亮？"

"非常美丽，像电影明星。"

"全城名媛，最好看数她了。"

我忍不住问："她是你女朋友？"

"从前是。"

"发生了什么？"

"真是难以形容，"他微笑，"你喜欢她？"

我点点头。

"记住，真正有气质的淑女，从不炫耀她所拥有的一切。她不告诉人她读过什么书，去过什么地方，有多少件衣裳，买过什么珠宝，因她没有自卑感。"

日后就明白了。

说简单点，姿态要大方，切勿似小老鼠偷到油，或是似小捞女找到户头。

傅于琛自那个时候开始教育我。

我一直住在他家里，由陈妈照顾我。

他时时带我出去，总是介绍我为周承钰小姐。

人们全然不知我与他是什么关系，但日子渐渐过去，他们习惯他身边有这么一个女孩子。

十二岁的时候，我已长到现在这么高，一年之内缝三次校服，买三次皮鞋，一会儿便嫌小，衣物穿三两个月便不合身，很明显开始发育。

脾气也格外孤僻，动不动生气，一整天不吃饭。只有傅于琛在本市的时候，我才肯开口说话。

他常常外出，一去盈月。

有时我问："你又要到什么地方去？"

"我去奥地利史特拉堡。"

"做生意？"

"不，去参加花式飞翔比赛。"

"会不会有危险？"

"走路也有危险。"

"我可不可以去？"

"你要上学。还有，你已经这么大了，带你出去，人家会以为你是我女朋友。"

我咧嘴笑。

没有人知道他的女朋友是谁。

他仍然没有结婚。

他仍然带我出去，他喜欢我外出时擦点口红。

陈妈初时很诧异："小姐，你怎么开始化妆？"后来见惯了，就不再问。这世上原有许多奇人奇事，有什么稀奇。

口红由他买回来，有两个颜色，一只大红，一只粉红。我不大会用，总是搽得厚厚的，嘴像是哭过之后，肿了出来。

他还喜欢我穿窄腰身的大圆裙，梳马尾辫，这样打扮起来，照着镜子，自觉似十六七岁少女。

他买项链给我，说："戴上就更好看了。"

傅于琛把我打扮得似公主一样。

我没有令他失望。开头，我知道有人怀疑我是他的私生女，后来，他们又说我是他的小妹。

暑假，他把屋子重新装修，真是痛快，完全不留从前的样子。

私底下，我并没有忘记过去。

升中学了。

他为我选了最好的男女校。

即使穿校服不打扮，即使态度冷淡，也有很多男生愿意与我做朋友。

他们邀我看电影吃刨冰去图书馆。

仍不敢伸出友谊之手。

他们开始把书信卡片夹在我书本里。

有些还写英文，文法都不十分整齐，但已逗得我开心，用一只盒子，

珍藏起来。

我们知道一个地方，在学校小路上，叫华南冰室，菠萝刨冰才六角一杯，放学偶尔我也肯与女同学约好，吃上一杯。

隔壁桌子坐着男生，彼此装着不认识，可是大家都特别注意头发乱了没有，说话对桌是否听见……

我们已开始知道男女有别。

明信片与邮票在这个阶段已不生效，但我涂口红，她们没有，艳羡之余，风头仍归我。

女同学也曾说："你父亲那么年轻那么漂亮。"

我没有解释。

母亲又出现一次。

实在是老了。

一直笑，假牙没装好，紫色的牙肉与瓷牙间有条黑色的缝，怪不自然。

她一时没把我认出来。

她同陈妈说："怎么可能，似大人一样！"

她一直埋怨我似大人。

一看就知道她为何而来。

她是来借钱的，我可以肯定。

傅于琛特地回来会她，挡在我面前，怕她有什么不适当的举止。

他总是为我着想。

我绕着双手看着母亲，她抬头，大吃一惊。

"承钰？"她趋向前来。

我不应她。

傅于琛站在我身后，问她："有什么事？"

她酸溜溜地说："女儿活脱脱似公主，老妈却无隔夜之粮。"

傅于琛叹口气："你要多少？"

"我同你私下谈。"母亲眼睛往我身上一溜。

"不必，承钰很明白你的为人。"

"你把她打扮成妖精一样，是何意思？"

"这只是一般少女的装扮，我想你误会了。"

"十二岁算是少女？"母亲又发出那可怕的笑。

我叹口气，母亲真糊涂，她一直以为侮辱了人，便可勒榨多一点，其实傅于琛很愿意速速打发她。

"你要多少？"傅于琛又问她。

"我流离失所。"

"你打算留下来的话，我可以替你找房子。"

"于琛，这几年你爬得好快，没有人不知道你的名字。"

"你还没有回答我的问题。"

"不，我不方便留下来。"

我们松一口气，这位老太太要是真的不走了，三天两头上门来，也够头痛的。

"于琛，借两万英镑给我，我好从头开始。"

那时候，一英镑兑十六元港币。

"倩志，你也是受过教育的人，总不能东拼西凑终其一生，即使感情方面不如意，也不需要作践自身，你看你多潦倒。"

"不用你来教训我。"

"倩志，大家是同学……"

"于琛，不要多说，两万英镑。"

"请跟我进书房来。"

她接过支票，说声谢谢。

她当然不会还钱，这些债，将来都由我偿还。

怎么个还法，我如在雾中，一点主意都没有。

"承钰长大了。"她说。

"你可以这样说。"

"看得出你很喜欢她。"

"很明显的事实。"

"恐怕不久，你会做一个红色丝绒秋千架子，让她坐上去？"

他没有回答。"你可以走了。"

"我要同承钰说几句话。"

"她不会同你说话。"

母亲寻出书房来："承钰，承钰。"

我抬起头来。

"承钰，我实在是不得已……"

"算了。"我声音很平静。

"承钰，妈妈没有能力——"

"有一件事你绝对做得到。"

"说，女儿，告诉我，告诉我。"

"以后再也不要来。"

她走了。

傅于琛点起烟斗，深深地吸，烟草里的霖酒香满一室，我站在他身边。

过很久，我问："为什么叫我油瓶？"

他一呆。

"油盐酱醋柴米，为什么单叫油瓶？"

他笑了："坦白地说，我不知道。"

"你可有留意她双眼？"我问，"觉不觉得怪？"

"那是因为瞳孔对光线的反应不灵敏。"

"怎么一回事？"我知道还有下文。

"吸毒。"

我一惊："为什么？"

"她不开心。"

"为着男人对她不好？"

"承钰，你的问题，叫我真不知该如何回答。"

"什么是红色丝绒秋千架？"

他一怔，沉下脸："后天考试，还不去温习？"

陈妈在这个时候进来："小姐的电话。"

"什么人？"傅于琛问。

"她的同学。"

"不会是男同学吧？"

确是男同学，要来问我借功课。这只是他们的借口，其实不过想上门来坐一会儿，吃点心，聊天，解解闷。

我请他上来。

他来的时候，傅于琛已经外出。

我们听唱片做算术。初中的功课比较深奥，他教我三五遍，我还没有明白。

"承钰，一整天你都显得没精打采。"

"彼得，你可知道什么叫做红色丝绒秋千？"

"不，我没听过，那是什么？"

"我也不知道，你有哥哥，彼得，可否问他们？"

他耸耸肩："当然可以。"

他的兄长也不晓得。

隔了很久很久，已经读到大学二年，在朋友那里，赫然看到一本书，叫《红色丝绒秋千架上的少女》，我即时不管三七二十一，抓起书就跑。

从书里，知道了故事的典故。

我受了极大的震惊与刺激，把衣橱里所有红色的东西统统扔出去，更加憎恨母亲。

彼得待我很好，我们很接近，他比同年龄的男孩较为成熟，我们来往了一年。

每次来他都带包巧克力，一件件都搁在玻璃瓶子里。我不爱吃糖。

彼得问我："你到底喜欢什么？"

"母亲爱我。"

"但是令尊很疼你，他甚至让你擦口红，妹妹都不知多羡慕。班里第一个学会打网球的是你，懂得游泳的也是你，都不知道你哪里来的时间。"

"所以功课不好。"

"听说你要出去念高中？"

"还有一段日子，何用这么快做打算。"

"也有人说他不是你的爸爸。"

我看着彼得，在这一刹那，我决定与他断绝来往。

"我倦了，彼得，改天再说。"

"不是吗，你姓周，但门口挂的牌子是傅宅，而且手册上的签名也都是傅于琛。"

忽然之间，我真的很倦很倦，完全不想说话，一站起来就走，把他撇在一角。

隔一段日子，傅于琛问："你那个男同学呢，怎么不来了？"

"哦，那个蠢男孩，"我淡淡地答，"我不再与他说话。"

"他得罪你？"

我不肯回答。

傅于琛笑："已经开始难服侍，嗯？"

我掉转面孔。

"他们大部分很笨，挑得太厉害，就没有男朋友。"

“我不需要男朋友。”终结这一次的讨论。

发育中的身体令我非常难堪，没有心思去理会其他的事。

胸部有硬块，不小心碰到，痛不欲生。这时停止所有体育活动，以防不测。

一方面彼得还不死心，一直在身边问“承钰，为什么你不理睬我了”，令人心烦，他不知在什么地方得罪了我。

做朋友便是做朋友那么简单，最恨别人去打听我的私隐。如果你认为值得付出友谊，让我们握手言欢；如果不，那么去找别人，但别试图探听我的秘密。我的秘密，属于黑暗。

谁是我的父亲又有什么关系，彼得就是不懂。

傅于琛了解我的需要，同我去看一位女医生。从此之后，有什么疑难杂症，我便去找她，直到医生离去，移民外国。

她以开通文明冷静的态度，把一切告诉我，例如经期不是内出血，保证女性不会因此死亡。

她没有与我发生超过医生病人的关系，学科学的人头脑冷静，绝无过多感情。

第一件胸衣，由她为我添置。

然后有一日，傅于琛说要介绍我认识他的女朋友。

“是伊莉莎白黄吗？”我问他。

“不，伊莉莎白早嫁了人，又离了婚，现在又在结婚中。”

“那么是谁呢？”

“我希望你会喜欢她。”

"但即使不喜欢，你还是会搬出去与她住。"

傅于琛诧异："你怎么知道？"

"你们的新房子在装修了。"

"哪里得到的消息？"

他并没有出力瞒住我，装修的人进进出出都有论及，分明是费事与我多说。

"我要结婚，有一笔基金，指定要第一个孩子出生后才能动用。"

"我很为你高兴。"

"你已经长大，你知道我不再方便与你同居一室。"

"我明白。"

赵小姐来吃饭那一天，我们严阵以待。

陈妈笑说："你不下去看看？赵小姐看上去有三分像你，尖下巴，大眼睛，年纪很轻，才二十五六岁。"

"是不是电影明星？"

"一看就晓得是大家闺秀。"

我穿得似大人一样下去见客。

傅于琛是认真的，他同她介绍："我的义女周承钰。"

赵小姐待我很冷淡，她十分娇怯，每箸菜都要傅于琛夹到碗中才吃。

赵小姐时常用一种疑惑的眼光看着我，她可能在想，这到底是养女还是亲女呢。

我一点也不觉得她是大家闺秀，她比不上伊莉莎白。

吃完饭我说："我陪赵小姐参观这所房子。"

傅于琛说："也好，我去拨几个电话。"

我领着赵小姐由花园开始逛。

"你几岁了？"她问。

"十四。"

她大吃一惊："我以为你已有十八岁。"

"啊，没有，我还没有成年。"我淡淡地说，"这里长窗进去，是书房，不过傅于琛在里面，我们不要去打扰他。"

"你叫他什么？"

"傅于琛。"我补充一句，"我一直这样叫他。"

"他，不是你爸爸？"她很试探。

"爸爸？"我笑起来，"当然不是，我们一点血缘也没有。"

"你父母是谁？"

"家父姓周，家母姓杨，是他的老同学。"

"你为什么住在他家里？"

"请过来，这里是图书室，我们在这里看电视。"赵小姐问得实在太多了，我转过头反问："他没有告诉你？"

她涨红了脸。

看得出内心非常不安，双手握得很紧。

"他喜欢我，所以自七岁起，我便在这里陪他。"

赵小姐双眼阴晴不定，像只受伤的小动物。

"他说，我从来不似一个孩子。"

她喉咙干涸，咳一声。

"二楼是睡房。他不出门时，睡这里，这间套房连浴室兼起坐间，隔壁是我的睡房，这扇门是通的，可以锁，可以开。"

我把夹门推开。

"我的睡房通向露台，这一列衣柜是他替我做的，可惜上学必须穿校服。这是梳妆台，这一列化妆品都是他买给我的。"

没有反应。

"赵小姐？"我转过头去。

咦，她面色发青，站在房角。

我问："你不舒服吗？"

"不，没有……你说下去。"

"小时候，我曾对他说，想要嫁给他……"我笑，忽然发觉笑得有点像母亲，赶快停止。

"你同他，是这种关系？"

我咧一咧嘴唇："不然就得住孤儿院去，父母都不收留我，幸亏他对我好。"

赵小姐双目发出奇异的神色："你还是个孩子呢。"

"我与你一样高了。"我再微笑。

"我们就要结婚。"

"我知道。没有影响吧，他仍是……义父。"

赵小姐忽然尖叫起来，我瞪着她。

她奔下楼去。

我站在梯顶看着她一直走进客厅去取外套手袋。

傅于琛闻声跑出来："怎么回事？令仪，令仪！"

她没有理他，一直奔出去。

我不明白，刚才所说的，每句都是实话，是什么令她这么不高兴？真是小姐脾气。

傅于琛上来，隔一段距离看着我。

"承钰，你真是妖异。"

我说："别为了另一个女人责怪我。"

"你对她说了些什么？"

"为什么不去问她？"

"别担心，我会。"傅于琛生气了。

真是一个奇怪的人，为了那样的小事生气，认识他这么多年，他从来没要我看过他的脸色……真叫人难堪，然而什么都有第一次吧，真是没奈何。

他很快就自赵令仪处获得答案。

她是那种巴不得把所有委屈向男人倾诉的女人。

傅于琛反应激烈过我所想象，他派司机把我自学校截回去。

劈头只有一句话："你下学期到英国去寄宿。"

我说："我不去。"

"不由你不去，我是你的监护人。"

"不去英国。"

"你放心，你不会碰上令堂，英国大得很。即使与她重逢，你也不必担心，你比她厉害多了。"

我什么也没说，转身回房间。

"站住。"

我遵命，停止脚步看着他。

"你为什么说那些话？"他问我。

他的表情惨痛，如被毒蛇咬了一口。

"什么话？"

"你故意引起她的误会，为什么？为何破坏我的名誉？"

"你从来没有关心过别人说什么，何必理会她。"

"我们快要结婚，我同你说过。"

"现在不会了吧？"

"你太可怕了，承钰。"

我回到房间去，伏在书桌前，扭开无线电，音乐悠扬，却并没有胜利的愉快感觉，我伸手啪地关掉它。

忽然之间，我后悔了。

我所要的，不过是一个安宁舒适的居住环境，直到自己经济独立，自给自足。

但数年安乐的生活孕育了非分之想。

我开门出去，想对傅于琛道歉，他已经外出。

我的歉意足足逗留一整个晚上，在第二天天亮时消失。

他要即时把我送走。

我从来没有逆过他的意思，为着这么一点点小事，他便不能再加以忍受。

他使我想起一些人收留流浪的小猫小狗，兴致一过，即嫌麻烦，赶紧将他们扔回街上去。

我们因此生疏了。

当年我已认为自己是通天晓地，阅历惊人，无所不知。要隔上十年，才知道他仍然是为着我好。

因为，他说："我真的糊涂了，连我也不晓得，我心中有些什么企图欲望，你已渐渐长大，我们势必不能再在一起。"

结果他娶了赵令仪。

结果他们的婚姻没有维持下去。

才九个月罢了，两人就拆开。

他自由惯了，她希望他留在身旁，什么都要征求他意见，要他知情识趣地应对。

离婚后傅于琛的财产不见了一半。

他们说，他的女朋友开始多而杂。

那时，寄宿生的问题已不是在房中偷吸香烟那么简单，要不同流合污，要不维持清醒。

没有与他们混成一堆的原因十分简单，只不过是肤浅地憎恨他们的外貌。

男男女女都长满一面孔疮，密密麻麻布满脓头，闲时用手指去挤，脏得不像话。有些擦了药，整个下巴褪皮，血淋淋的，令人不敢正视，谁还敢同他们出去玩。

一次勉强赴约，那个男生搔搔长发，头皮屑雪片似的落在肩膀上，这时才发觉那件芝麻绒大衣原来是纯灰色的，一阵恶心，赶快逃回去。

一个学期结束，傅于琛亲自来接我走。

刑期已满。

足足十一个月呢。

临走又不舍得了，与同学逐一话别。

傅于琛后来说，我看到他，一点也不惊异，像是意料中事，知道他迟早会来带我回去。

但这是不正确的。

我不知他会来，近一年来我们不曾通过信，亦不说电话，音讯中断。

半夜惊醒，时常不知身在何处。

这样的惩罚，对我来说，已是极大的考验。

每日都不知怎么熬过，每天起来，看着鱼肚白天空，都有在灵界边缘的感觉。

然而时间总是会过去的，他终于出现。

但我不动声色，我已学得比从前乖巧得多。

他在教务室出现。

校长例牌客套并且骄傲地说："英伦对她有好处，是不是？"

傅于琛说："她长高了。"

其实没有，我已停止长高，看上去比从前高，那是因为瘦了好几公斤。

当下心中的滋味全不露出来，只是不相干并浮面地微笑，只把他当一个监护人。做得那样好，相信一点破绽都没有，连眼睛都没有出

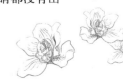

卖我。

"傅先生，"校长说，"希望她会回来继续升学。"

"是，我们先到欧洲去兜个圈子才作决定，请把学位替她留着。"

"一定，一定。"

他几乎立刻把我带走。

来的时候，还有一个原因，走的时候，却什么道理都没有。只有我才习惯这样的浪荡生活。

到食堂去与同学话别，大家吃杯茶。

傅于琛问："那个大鼻子长满面疱的男生是谁？"

我没有回答。

我无意关注他们，他们每个人都有大鼻子，他们时常说东方人的鼻子太小，不知如何呼吸，而且每个人都生暗疱。

我没有在这堆人中找到知己。

我们当日乘飞机离开，往欧洲大陆飞去。

一路上我很少说话，维持缄默。

以前，沉默表示坏脾气。现在，无论如何，嘴角总透露着微笑的意思，这是同英国人学的。

在巴黎狄拉贝路的露天咖啡座上，他问我："你还生气？"

我吃一惊，心头一震，他不但把我当成人，而且把我当女人。

我看他一眼。

这些年来，他都没有老过，简直同化石一样。自任何角度看去，都呈完美，不论中外的异性，相信都会认为他是个英俊的男人。

他嘴里并没有提起任何人的名字。

我想他从此不会再说赵令仪这三个字，过去便是过去。

我嘴角露出一丝真的微笑，我与他的关系，却是永恒的。

"没有，"我答，"我怎会生气。"

"没有最好，陈妈等着你回去。"

"她好吗？"

"身体还过得去。"

"你仍住那里？"

"是。"

新房子当然已经转了名字。

"你的功课仍然很差。"

"是，始终提不起劲来。"

他在阳光下看着我，忽然说："看着你，承钰，真使人老，你整个人是透明的。"

当时自然不明白，只投过去疑惑的眼光。

人怎么会透明？又不是隐形人。

后来，知道了。

少男少女真是美，完全透明，吸收了光华，然后再反射出来，明亮双目，紧绷皮肤，整个人如罩在雾中，朦朦胧胧，似懂非懂，身体是大人的身体，然而其他一切未臻成熟，有探讨的余地。

后来是明白了，如光线穿过玻璃。

傅于琛有些微的激动，要稍后才平静下来。

我以为他内疚放逐了我一年，不置可否。

"寄宿生活好吗？"

我摇摇头："浴间在走廊尽头，半夜要走三分钟才到，寒风刺骨，年老要是染上风湿，就是那个害的。"

"可是你也学了不少。"

"是，学了很多。"谁要这种鬼经验。

让我做一个最幼稚享福无知天真的人好了。

嘴里说："终于学会与人相处，试想想，三个人一间房，不由你拥有自我。"

"将来出去做事可有用了，坐在大堂里，与同事和睦相处。"

"坐大堂？"

"一开始的时候，哪有自己房间坐？当然是大堂。"

本来我以为做人挨到十八岁出来找份工作自立已经大功告成，现在看来，差得远哩，心中暗暗吃惊。

但我不谈这个："开头室友之间吵得不亦乐乎，后来都吵疲倦了，各自为政。"故意说些闲事。

"吵什么？"

"争地盘，只有一张床靠窗，三个人都想霸占它，直到六个月后，其余两个室友调走，才轮到我，刚拥有它，自己也要走了，不知便宜了谁，"我惋惜地说，"辛辛苦苦打天下，得益的是别人，真不是味道。"

傅于琛叹口气："听你说，倒与我们的世界差不多。"

"是吗？一样坏？还以为成人那里好得多。"

"你没有同人打架吧。"

"没有，有些华籍女同学学会咏春拳才来，免得吃亏。"

"父母们是越来越周到了。"他感叹。

"你有了孩子吗？"

"没有。现在的妇女，已渐渐不肯生育，也许到你成年这种情形会更显著。"

太阳渐猛，照进我的眼睛里去，我伸手揉了揉。

他站起来结账。

他始终看到我的需要，体贴我。

不见得每个男人都会这么做。

记得母亲那时候从天黑做到天亮，从天亮再做到天黑，磨得十指生茧，八点多钟回到家还得双手插在冷水中几十分钟洗碗洗筷……都是因为得不到一点点体贴，这才嫁给惠叔。

整个暑假与傅于琛游遍了法国才走。

他也难得有这样的假期，穿得极其随便。

平时的西装领带全收起来，改穿粗布裤绒布衬衫。

他租了两间房间，走路一前一后，人们仍然把我们当父女。

到回家的时候，仿佛误会冰释了。

但是我心底知道，一切很难如前。

他们成年人旁鹜多，心思杂，天大的事杯酒在手没有搁不下的，但是年轻人会比较斤斤计较。

我没有忘记那件事，我很清楚自己说过什么做过什么，一点也不

觉得自己顽劣可怕。

人，总要保护自己。

陈妈出来，我笑嘻嘻与她拥抱。

她喜道："高了，长高了。"

这才发觉，上了年纪的人不知与小辈说什么好，就以"长高"为话题，相等"你好吗"。

房间的陈设同以前一样，躺上自己的床，恍若隔世。突然感慨地想，能在这里睡一辈子，也就是福气了。

并没有急着找学校，但与旧同学联络上，同年龄到底谈得拢。

都诉说功课如何紧，苦得不得了。

有几个还计划去外国念大学，开始在教育署出入打听。

一日约齐去看电影，本来四五个人，各人又带来一两个朋友，成为一大堆人。票子已售得七七八八，不能成排坐，于是改为喝茶。

有一个男孩子叫我："周承钰。"

我看着他，一点印象都没有。

"我们见过吗？"

他深意地说："岂止见过。"

大家诧异地起哄，取笑我们。

他比我大几岁，面孔很普通，身体茁壮，实不知是谁。

旁边有人说："自己揭晓吧，惠保罗。"

一提这个惠字，我马上想起来，是惠大，要不就是惠二，奇是奇在面貌与小时候全不一样。

我冲口而出："惠叔好吗？"

"咦，他们真是认识的。"

"你是老大，还是老二？"

"老二。"

我点点头，像了，惠大今年已经成年，不会同我们泡。

我再问："惠叔好吗？"

他双手插在口袋里，没有回答。

见他不肯说，也就算了。

他大约忘了小时候怎么欺侮我。

不知谁说的，欺侮人的人，从来不记得，被欺侮的那个，却永记在心。

在这个时候，我也发觉自己是个记仇的人，不好相处。

他故意坐在我身边，无头无脑地说："大不如前了。"

我要隔一会儿才知道他在说惠叔。

"他又结了婚，我们一直同舅舅住。"

他们每人起码要结三次婚才肯罢休，我叹口气。

"你妈妈呢？"

"妈妈一直与我们一起，更年期，非常暴躁。"

"最要紧的是，一直与我们在一起。"这是衷心话。

"舅舅的孩子们瞧不起我们，日子并不好过。"

我微笑，他现在也尝到这滋味了，天网恢恢。

"你仍住在我们老宅？"

"那早已不是你们的家。"我不客气地抢白他。

他气馁地低下头。

过一会他问："你母亲也陪着你吧？"

"嗯。"不想给他知道那么多。

"我们的命运都差不多呢。"

他视我为知己，这倒颇出乎意料。

"那时我们好恨你，"他低声地说，"以为是你的缘故。"

"什么是为我的缘故？"

"房子的事呀，为着你才要搬走。"

"我也不过是寄人篱下的小孩子。"

"但是父亲说，那人借款子给他，条件是要他把老宅让出来。"

我一呆，这倒是新鲜，第一次听见。

我顾左右而言他："你好眼力，一下把我认出来。"

他诧异："你？像你这样的女孩真是罕见的，你太漂亮了，看一眼就知道是你。"

这真是先兵后礼。

"要是长得不漂亮呢？"

惠保罗颇老实："那就记不住了。"

这小子有点意思。

但是无法勉强喜欢他。或者不是他的错，不过我记得很清楚，因为他们两兄弟出现，导致母亲离开我。

不是不知道惠叔与母亲分手还有其他的原因，但人总喜欢把过错推在别人身上，我也不例外。

当下惠保罗说："记不记得我们第一次见面？"

"不记得了，"我温和地说，"全部不记得了，让我们从头开始吧。"

他大喜过望，没察觉这不过是一句客气话。

隔一日，他亲自在门口等，手中拿一枝小小玫瑰花。

虽不喜欢他，也有点高兴。他犹疑着不敢按铃，我乐得坐在屋内静观其变。

傅于琛出现，惠保罗急急避开，我匆匆放下帘子，拾起报纸。

他开门进来，我同他打招呼。

他笑："报纸调转了。"

我胸有成竹："调转怎么看，当然是顺头。"

"噫，试你不倒。"大笑。

我更装得若无其事："干什么要试我？"

"因为有男孩子在门外等你，怕你心不在焉。"他说。

"是吗，谁？"

"我怎么认识。"

"我也不认识。"

"那人家干嘛巴巴地跑了来站岗，手上还拿着花。"

"谁知道。"

傅于琛的眼睛真尖锐，什么都能看见。

"对，女孩子长大了，自然有爱慕者上门来追求。"

他声音中有点慨叹。

我不出声。

"渐渐便来了，再过一阵子便恋爱结婚生子，小孩变大人，大人变老人，唉。"

"恋爱结婚生子，就这么多？"我问，"事业呢？"

"你像是有事业的女性吗？"傅于琛取笑我。

"怎么不像？"

"要事业先得搞好学问，没有学问哪来修养智慧，怎么办得了大事。你若真想做出点成绩来，从现在开始，痛下二十年工夫还有希望。"

我呆呆地听着。

"十年寒窗，十年苦干，再加上十足十的运气，才能有一份事业。你别把事情看得太容易，大多数人只能有一份职业，借之糊口，辛劳一生，有多少人敢说他的工作是事业？"

这是傅于琛第一次同我说大道理，我感动得不得了。

"怎么样，承钰，"他当然看出我的心意，"打个赌好不好？我栽培你，你下苦工，二十年后看谁赢得东道可好？"

忽然之间，我站起来说："好！"

他伸出手掌，我与他一击。

他笑："把门外的小子打发走吧，这种把戏有什么好玩？你没有时间打理此类琐事了。"

我看着他，一时间不明白这是关怀还是手段。

"成功是最佳报复，到时不怕你生父不出来认你。"

这句话决定了一切。

惠保罗走了，花留在门口一直至枯萎，没人去理它。

傅于琛第二天就把我送进一间著名严格的女校，叫我选修中英文。

忽然间我对功课产生最浓的兴致，每天孜孜地读到晚上十二点，调校闹钟，第二天六点又开始读。真是由天黑读到天亮，天亮读到天黑，连看电视的时间都不大抽得出来，莫说是其他娱乐，一整个学期都是这样。陈妈啧啧称奇，傅于琛却气定神闲，像是算准我不会令他失望似的。

惠保罗后来又来过几次，由我开门打发他走。

用的借口是"妈妈不想我这么早同异性来往"。

听听，这是有史以来最古老的借口，是女性对她们所不喜欢的异性说出，好让他们落台，满以为只是老妖婆作怪。

在惠保罗之后，也颇有男孩来约看戏打球游泳，但他们都要等到暑假，或是一个学期之后。

因为届时，预料功课才会上轨道。

当然也有例外。

傅于琛。

他喜欢我修饰整齐了陪他招待客人，脱下校服，便是晚装，像大人一样穿名贵的料子，闪烁的颜色。

每个月总有一次吧，我与他各坐长桌一头，让不同的客人猜测，我是否是他最新的女友。

他自然有女友，只是从不请到家里来。

谁不渴望知道她们是些什么人，苦无机会。

这个时候，我已很懂得思想，有时也很纳罕，这到底是怎么一回

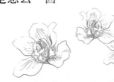

事呢?

傅于琛的内心,到底打什么主意,为何老把我扮作大人,与他做伴?

不过却不怕,因与他熟得不能再熟,两人同居一屋,不胜避忌,两间睡房中分隔的始终只有那道中门。有时淋浴,忘了锁门,他也就坐在我床上,把他要说的话说完,我在浴帘内对答。

日子实在太长,一切变为习惯,陈妈早已忘记惊异,为她的好差使庆幸。很多时候,她只需坐在工作间指挥如意,另外有两位女佣,真正主持工作。

惠保罗在校门口等,仍拿着一枝小小的花。在那个时候,这一切并不算得老土,还十分够得上浪漫。

一两次不得要领,他叫朋友陪了来,多张嘴做说客。

朋友剑眉星目,比他神气多了,不由得叫我停下脚步来。

"承钰,为什么不睬我?"惠保罗追上来。

"我说过,妈妈责备我。"

"但你有权结交朋友,你应争取自由。"

他的朋友怒目瞪我。

我也白了他一眼:关你什么事?

司机将车驶过来,我上车而去。

过一天,与女同学联群结队地放学,我正详细地形容功课的心得,忽然,惠保罗的朋友拦路截住我们去向。

"你!"他凶神恶煞地指住我,"过来。"

女同学都吓呆了,我却被他这股姿态吸引,退至行人道一角,笑吟吟看牢他。

"有何贵干？"

"你何苦骗惠保罗？"

"我骗他什么？"

"你根本对他没兴趣！"

"说得一点都不错。"

他一怔："你说什么？"

"我们只不过是孩提时的相识，他们两兄弟一直欺侮我。"

"那你干嘛叫他等你？"

"你哪一只尊耳听见我叫他来等我？自以为仗义执言，不要脸。"

"喂，你别走。"

司机跑过来："小姐，没有什么事吧？"

"我与同学讨论功课，你先回去。"

"小姐，车子就在对面街上。"

他见司机走开，马上说："你敢与惠保罗对质吗？"

"你是谁？"

"你不用管我是谁。"

"你是惠二的朋友。"我笑。

"你说得不错。"他挺起胸膛，"你作弄他，我看不过眼，你是个坏女孩。"

他一脸憨气，黑是黑，白是白。

我忍不住笑起来。读书，他可能比我高一两年班，但做人，我段

数比他高十级八级。十多岁的我已非常成熟，看到这样的黄毛小子焉有不笑之理。

当然，如果能够知道将会发生的事，就笑不出来了。

"把名字告诉我。"

"以后别再难为惠保罗。"他怒气冲天地警告我，然后转头走。

女同学都已散开，我登车回家。

做笔记做到半夜，听到傅于琛进门来。

他过来找我，还没抬头就闻进一阵香味，还以为他请哪位女宾回家。

我深深嗅一下："白色香肩。"

"什么？"

"香水叫白色香肩。"

他笑着坐下，有点酒意。

"让我猜，见到老朋友了。"

"你怎么知道。"

"第一，你穿得很随便；第二，喝得很高兴；第三，司机没出去接你，想必由熟人送你回来。"

"可猜到你在读姬斯蒂的推理小说。"

我放下笔："功课多得要二十四小时才做得完，人要是不睡觉就好，或像你那样，只睡四小时。"

"承钰，"他忽然说，"我刚才见过你母亲。"

又回来了。

我清清喉咙："这次又要多少？"

"她不要钱，事实上她连本带息归还我，还谢我数十声。"

我不明白。

"她情况大好，承钰，她要领你回去。"

我不相信，失声而笑。

"她丈夫与她一起请我吃饭，一切是真的。"

"即使她又抖起来，那也不过是向你炫耀，她要回我干什么，我们已是陌路人。"

"法律上她仍是你母亲。"

我诅咒："法律！"

"也许只是为了面子，"傅于琛叹息一声，"你母亲向我要你。"

"那你说什么？"我追问。

"我能说些什么？"他苦涩地用手抹了抹面孔。

我合上书本，呆了半晌，恢复理智，同他讲："还有明天，明天再说。"

他点点头："我累极了，令堂，我真不明白她，永远中气十足，精神奕奕，过着华丽缤纷的生活……旁人只要与她一照脸，就已经觉得倦得会垮。"

"她现在是什么样子？"

"胖很多，到底是中年妇女了，声音很响，有句口头禅叫'你明不明白'。一直诉说身体不好，五劳七伤，看上去却非常结实，有些似劳动妇女，我不明白她从前的秀气去了哪里……"他用手撑着头，喃喃说，"一晃眼大家都被生活侵蚀……"

"明天再说吧，明天又是另外一天。"

　　他看着我："承钰，"神情很是迷茫，"我真不能失去你，我们与她斗到底，我们不能分开。"

　　他喝醉了。

　　随后他倒在床上睡着，鼻鼾轻微而均匀地上落。我坐在床头，拉开抽屉，数我珍藏的宝物。

　　一件一件，纱的披风、白色长手套、钉玻璃长管珠的手袋、假宝石的项链、成叠邮票本子，还有，还有会下雪的镇纸……

　　就有这些是永恒的，实在的，属于我的。不然我不过像一只皮球，被踢到东，又踢到西。

　　说什么事业将来，弄得不好，睡觉的地方都没有，别人过太平日子的时候我也像打仗。

　　不是没有至亲在本市，外公外婆，祖父祖母，父亲那边还有叔伯兄弟，没有人过问一句，我只有自己，及傅于琛。

　　天渐渐亮了。

　　手中拿着的是一只小丑人型，小小的白色瓷做的脸与纤细的手，眼睛低垂，脸颊上一滴老大的眼泪。

　　我们都是小丑。

　　母亲尤其是最努力的小丑。

　　天已亮透，夜过得真快，短短数小时，才熄灯，合上眼，一下子又呈鱼肚白，时间到底往什么地方去了？

　　我无暇想这些，我有更要紧的事要对付。

　　而他们，却一直埋怨我不像一个孩子。

傅于琛的酒醒了。

我们在早餐桌子上相见，他把昨夜与我母亲会面的过程重复一遍，语气颇客观冷静，与昨夜大有出入。

最后他说："这件事影响你的前途，承钰，你要考虑清楚。幸亏你已十五岁，已具独立思考能力。"

他双眼没有看我，怕眼神出卖他。

"你母亲这次嫁了意大利人，年纪虽不小，在米兰做纺织生意，经济情形却很过得去，想来也不会亏待你。"

我静静听着。

"他们今夜来吃饭，你还有一日时间考虑。"

我点点头，站起来。

"到什么地方去？"

"上学。"

"今日还上学？"傅于琛十分意外。

"是，一件管一件，我看不出有什么理由要旷课。"

我捧起书包出门。

坐在车子里才觉得双眼涩倦，经过昨夜思考，我已有了主意。

一下车，就看见惠保罗与他的朋友拦在我面前。

这下子敢情好，索性把一口恶气全部出在他们头上。

"走开走开走开，我没有时间同你们玩。"

"承钰——"惠保罗缠上来。

"为什么是我，嘎？"我厌恶地说，"我只见过你三次，干嘛一副

可怜相，像是我抛弃了你？"

我转向他的朋友："还有你，你这个没有姓名的人，也陪着他疯。去去去，我再也没有精力了。"

惠保罗本人没说什么，他的朋友已经开口："走吧，她当你似一条狗。"

惠保罗追问："承钰，你不是说一切从头开始？"

"你误会了，我不是指这种关系。"我推开他。

到课室坐下，只觉一边头隐隐作痛。什么都来得早，包括头痛在内，我苦笑。

今晚见到母亲便要告诉她决定跟谁。

不知她会采取什么态度，我用手捧着头，这足以使我少年白头。

挨到第五节课，司机进来，同我说："小姐，傅先生已代你告假，现在接你回去。"

我叹口气，收拾书本离开课室。

傅于琛沉着脸，在书房中踱步，见到我，简单地说："她六点钟到。"

"又提早了。"

"是。"

"向你示威哩。"我微笑。

"这是一个很好的教训，切莫得罪女性，"傅于琛无奈地牵动嘴角，"上次我的确有点过分，竟然趁她失意时令她失威。女人太有办法，一下子翻身爬上来，叫敌人吃不消兜着走。"

"你是她敌人？"

"为你的缘故，我与她反目成仇。"傅于琛笑，"现在与我争的是女性，或许还有险胜的机会，将来与男人争你，更不知是何局面。"

我看着他，他也看着我，两人之间的距离起码有十米，我仍然可感觉到他目光中的温柔渐渐融解我。

啊！他不舍得我。

而我也不舍得走。

在这个黄昏，我了解到他在我心中的地位。

母亲与她的意大利人迟到大半小时。

这是心理战术，她要叫我们等，越等越心焦，气焰上已经输了，比她矮一大截。

她的男人非常非常的老，一看之下，吃一大惊，他简直是没有胡须的圣诞公公，雪白的头发，粉红色面皮，个子小小，穿得十分考究，最讨人喜欢的还是他和蔼可亲。

我从不知道七老八十的公公还这样活泼。

母亲是操着步伐踏进来的，趾高气扬，神气活现。

老意大利在她身后，替她挽着皮大衣，看到我一脸不以为然，居然向我挤挤眼。

我嗤一声笑起来，积郁去掉三成。

士别三日，刮目相看，这种形容词是用来描述母亲的。她衣着华丽，手指上戴的钻石像龙眼核那么大，我忽然觉得她似卡通人物，因为根本没有这样的真人。

大家坐下来，她哗啦啦地用英语称赞我："……出落得似一个美人儿，基度，你看到没有，我年轻的时候，便同她似一个模子印出来般，

看到没有？"

最悲剧的一点是，母亲说的属实。我记得十分清楚，才十年而已，十年前她还十分娇俏可人，岁月环境对她最最无情。

我绷紧的脸略为松弛，没有人会相信母亲曾经年轻过。当我老去，像她那种年纪的时候，人们是否也会吃一惊：噫！这是谁，这么大声，这么惊人。

想到他朝吾体也相同，我默然。

可怜没有人知道母亲其实并不是那么老。她与意大利人一起时，才四十不到。

她学会了挥舞双手，做出夸张的动作，咯咯大笑，伸出尾指去抹眼泪。那时以为她激动过度，后来才知道是泪腺不受控制。

她很快活，对过去不再后悔，大声说："我的腰身最细的时候才二十一寸……"

学校正在用公制与教新数，于是我觉得她落后了。

她指使陈妈为她做咖啡，这里像一直是她的家，她从来没有离开过。

我呆呆看着她演出，一时不知如何应对。

傅于琛维持沉默。

好不容易吃完一顿饭，历时两小时，坐得众人腰酸背痛。最令人佩服的是老意，像是有钢筋撑住似的，若无其事。他又是老番，不能说他靠服食长白山人参。他一直微微笑看着母亲，谁知道，或者他真的爱上她了。

喝咖啡的时候，话入正题。

母亲说："承钰，意大利是个极之有文化有趣味的地方，你会喜欢的。"

　　我敷衍他说："华侨很多吧。"

　　"谁理他们，与基度卡斯蒂尼尼来往的都是有勋衔的意大利人，即使那样，我们家里也时常高朋满座。"她自手袋翻出一本相簿，递给我，"这是我们的家，十一间睡房。"

　　我接过，并不翻阅，只是说："或许在暑假，我会来探访你们。"

　　傅于琛站起来："我有一瓶不知年的白兰地，此刻去取来。"

　　母亲也问："化妆间在哪里？"

　　这一站起来，小腹更加隆然。她的衣服总是穿小了一号，大抵专挑在下午，肚子空饿时去试身，不肯承认胖。

　　会客室只剩我与老意两个人。

　　他同我说："我是基度卡斯蒂尼尼，还没人与我们介绍过。"

　　我微笑："周承钰。"伸出手。

　　他吻我的手背。

　　"我们可以聊聊吗？"他问。

　　"当然。"

　　"你不喜欢她，是不是？"他精灵地洞悉一切。

　　"你呢，"我问，"你喜欢？那么吵，像只收音机。"

　　"正是我需要的，"他眨眨眼，"有时放广播剧，有时放音乐，令我觉得热闹，不感寂寞。"

　　我再一次对他另眼相看。

他懂得欣赏伴侣的优点，茫视她的缺点。

"你还年轻，你现在不明白，"他温柔地说，"倩志是个值得爱惜的女人。"

"这大概也要等到将来，我才会明白。"

"她是你母亲，原谅她。"

我不出声。

"你不会讨厌我吧？"他询问我。

冲口而出："不。"

"可愿与我们一起生活？"

我低着头。

"米兰是个美丽的城市，最好的美术馆，最好的风景。在夏季，空气中充满橙与柠檬的芬芳，处处开着大红花、紫藤、扶桑、吊钟。我们的冰淇淋最可口，你会喜欢的。"

我微笑："听上去像首诗。"

"米兰的确是首诗。"

我摇摇头："不，请你帮我说服母亲，我不想到米兰去。"

他略感意外："可是你在这里，什么名分都没有。"

我不响。

"你母亲一有能力便想到来接你，你还生她气？"

"也不是这样的缘故。"

"那是为着什么？我保证你会与我合得来。"

我看着自己的双手。

此时室外传来母亲与傅于琛的争执声。

老头的双眼一闪，他试探地问："你不会是……可是，爱上了傅先生？"

我感激得想拥吻他，只是看着他微笑。

"啊，整张脸都红了，耳朵也红了。"他取笑我。

我愉快地伸手摸自己的脸。

"你可想清楚了？你母亲下次未必会再来接你。"

"届时我也已成年，无须任何人来接。"我续一句。

"你可能永远失去母亲。"

"早在七岁我已失去她。"

老意大利人躺回椅子上，仿佛有点疲倦，叹息一声。

"请帮我忙，说服母亲，让我留下来。"我恳求。

"你看上去似一只玉瓶儿，光芒自瓶内透出，人见人爱，看得出傅先生也深爱你。"

他的声音低下去，他在思考。

我急急地说："为什么你们不早点来？现在已经来不及了。"

"亲爱的，你在暗示什么？"

"我们——"

这时候，母亲与傅于琛已走进会客室，打断我们谈话，两人脸上都有怒意。

母亲坐下来，高声说："她尚是未成年少女，不管你们关系如何，我仍有权领回她，再不服，告你诱拐少女！"

我脸色苍白。

看样子她决定与傅于琛决一死战，得势不饶人，报他侮辱之仇。

意大利人拉住她："什么事怒气冲冲，刚才一大堆中文是什么意思？嫌哪碗菜不好吃，嗯？"

哄得她作不得声。

终于她挽起大衣手袋，悻悻说："我下个月一号走，你不在这个日子之前把承钰送过来，我掀你的底，叫你身败名裂！基度，我们走。"

意大利人叹口气，向傅于琛道别。

他特地走到我面前："安琪儿，很高兴认识你。"

"我也是。"

他压低声音："我会尽量帮你。"

我大喜过望："谢谢你。"

"在我这样的年纪，还能帮人，才是快乐。"

"基度！"

他吻我的脸颊，跟着母亲走。

一切像幕闹剧似的。

转头看傅于琛，只见他铁青着面孔，一额角都是筋，像蚯蚓似的凸起。

开头认识他时他没有白发，现在有了。并不像电影里的中年男人，白在鬓角，他的白发多且杂，使他看上去有一股沧桑。

我坐下来，沙发座垫上有硬物，低头一看，是母亲给我欣赏的照相簿子。

卡斯蒂尼尼的房子非常大非常漂亮，像室内装修书籍的示范屋，母亲分别在花园、喷水池、大厅、书房、跳舞厅，甚至是睡房摆着不同的姿势。

她搽了很浓的粉，还装了假眼睫毛。

我重重叹口气，我不再认识她。

这本小小照片簿，后来也成为我的藏品之一，她始终没有要回去。

傅于琛喃喃道："他起码有八十岁。"

"只要他对她好。"

傅于琛解嘲地说："将来我同你也是这样，人家会说'那男人起码有八十岁，他到底是她什么人'。"

我问："届时我多大，六十岁？"

"倩志从什么地方认识这位仁兄？"

"谁知道。"我也问，"她又如何认得惠叔？"

傅于琛不回答。

"你是一定知道的。"

"我不想说她闲话。"

"你并不喜欢她，为何还在这方面护着她？告诉我，她为何与父亲离婚？"

"最下流的男人，才说女人是非。"

"我是她的女儿，我有权知道。"

"那也并不表示你可以使我变得下流。"

我没好气地看他一眼。

他一直有他的一套，他认为不对的，永远不做，即使在自己面前，即使在我面前。

接着他问我："你可愿意去米兰？"

我站起来，觉得非常难过。

"不。"

我沉默。

"只不过问问而已。"

"你不应问。"

"这样下去，有许多麻烦会接着来。"

"像什么？"

他不语。

"你又要结婚？"

他看着我微笑："女儿都这么大了，还有谁要嫁我。"

"别赖在我身上。"

"其实跟了你母亲去，一了百了，基度卡斯蒂尼尼没有多少日子剩下，你们母女俩会成为富婆。"

"他没有其他孩子？"

"他会厚待你们。"

"我喜欢他。"

他说："我也是，但是女人一得意便忘形，倩志有时会令他为难。"

这是历年来我们谈得最多最长的一次，也是他开始把我当大人的一次。

该晚我们两个人都没有睡好。

躺在床上，可以看到中门底下一条亮光，他双脚有时会经过。

一整夜都如此。

我用一只手撑着头，呆呆看着那条光亮，直至目涩。

后来终于眠了一眠，做梦看见自己同全世界的亲友解释为何跟着傅于琛留下来，滔滔不绝地依着同一个剧本作交代，累得贼死。

第二天还照样去读书。

自从那场梦之后，充分了解"一人做事一人当"的真理，从此没有再为自己的行为解释什么，况且我并无亲友。

同学中没有知己。

她们的眼睛永远朦胧，穿小小白棉背心作内衣，迷唱片骑师，看电影画报，小息时挤鼻子上的粉刺，谈论暑假将跟父母去迪斯尼乐园。

还都是小孩子，毫无疑问。

不过我喜欢她们。一个人必须学习与自己不同类型的人相处，不然生活何其孤苦。

放学时四周围张望，恍然若失，连惠保罗都不来了。

所以，什么头晕颠倒，山盟海誓，得不到鼓励，都是会消失的，谁会免费爱谁一辈子。

傅于琛会不会在压力之下，把我交回母亲？

真令人担心。

刚要上车，有人叫我："喂，你！"

我转头，是惠二那个坏脾气的好友，一脸厌恶地看着我。

"这封信交给你。"

我接过信。

"我已同惠绝交，这是我为他做的最后一件事。"

"他人呢？"

"被他母亲锁起来，不准他出来。"

啊。

那男孩子骂我一句："害人精。"

他走了。

我连他的名字也不知道。

回到家，把惠二的信顺手送进纸篓。

害人精，他说。

我不禁哈哈大笑起来。

多么简单光明，不是好人就是害人精。

没想到在多年以后，还要碰见这个不知名的小男孩，小男孩已变大男孩，但他价值观念维持不变。

但日后，一直没有再碰到惠二。

他扮演的角色，不过是要把好友带出来给我认识，任务完成，他可以淡出。

命运旅途中，每个人演出的时间是规定的，冥冥中注定，该离场的时候，多不舍得，也得离开。

以为傅于琛还没有回来。

进书房去听唱片，看到他坐在高背安乐椅里，闭着双眼，像是睡着了。

听得我走近，睁开眼睛。

"有什么消息？"我问。

"消息倒是有，不知是好消息抑或坏消息。"

我陡然紧张："说给我听。"

"卡斯蒂尼尼已说服你母亲，不再坚持要你回去。"

我拍手雀跃，从书房一头跳到另一头，旋转着，欢呼着，半晌才停下来。

傅于琛并没有参与我的喜乐，他在一边静观。

"这明明白白是好消息。"

"是吗？"

"怎么不是？"

"或许我害你一生。"

"没有人可以害任何人，除非那个人愿意被对方害。"

他啼笑皆非："你懂什么，道理一套一套，不知所云。"

大概只有他，才有资格对我这样说话。

我说："以后再也别想甩掉我。"

傅于琛凝视我："你也一样。"

我们禁不住紧紧拥抱。

母亲放弃我的原因，有好几个。

首先，她对我失望，我对她要多遥远就多遥远。

第二，她一口气已出得七七八八，狠狠地骂了傅于琛并且恐吓了他。

第三，卡斯蒂尼尼应允她一份大礼，假使她肯放手。

她放了手。

母女之情不外如此。

我已长大，她正想挽留盛年，一个高大不听话的半成年女儿很容易造成负累，她不是不聪明的。

将来有谁啰嗦她，她都可以说："为了她几乎打官司，但是她不要跟我。"

除了傅于琛，我不愿意成为任何人的负累。

我们之间的关系从暂时转为永久性。

接着的一年，乏善可陈，除出我又长高三厘米，除出傅于琛又赚了许多钱，除出陈妈告老回乡，除出老房子要拆卸，除出傅于琛交了固定女朋友。

预期发生而没有发生的事包括：并没有许多男生追求我，他们都嫌我怪；我并没有考第一；卡斯蒂尼尼还活着，自母亲寄回来的照片中，他显得很精神。

母亲又胖了，老得很快，两腮的肉挂下来，夹着原来的尖下巴，看上去似有五十五岁，再过几年，若不小心，人家会以为她是卡斯蒂尼尼的原配。

她太放心，一定是因为过得不错。真是好，忍不住替她高兴，她也辛苦了好久。

这样的心平气和，全是同傅于琛学的。我俩不对任何人生气，除了对方，一言不合，立即炸起来，互相吼个不停，但对别人，总是无关痛痒，可忍则忍。

对于他的新女朋友。

傅于琛为此严重警告我，他说："不准你同她接触。"

他把她放在另外一间公寓里。

这是傅于琛的坏习惯，也是许多男人的坏习惯：管她吃，管她住，她逃也逃不了。

中学毕业之后，我定要离开这个家，尝试独立的生活。即使这样，也不表示是要离开傅于琛。

只是想凭自己双手赚得生活，证明跟傅于琛，不是为了一个安乐的窝。

年轻的时候总要证明这个证明那个，左证右证，永远的结论便是人家错自己对。

人家上进，那是因为他爬得似条狗，人家略为逸乐，那是腐败堕落，终是沾沾自喜了。

十五岁时，最想证明傅的女朋友与我，是两回事。

她是成年人，我是孩子。

孩子总是无辜的牺牲品，孩子没有力，像我，能做什么？可以到哪儿去呢？马上原谅自己。

傅生气的时候会说："跟你母亲去，去去去。"

吵架时他说的话十分幼稚。

为了报复，把他所有的皮鞋右足那只全部扔掉，让他早上找鞋子

时似做噩梦。

很小开始，已学会与男人闹意气，怎样三个礼拜都不与他说话，他走过我身边，也似透明……

深夜，趁他没有回来，把所有的音乐盒子上足发条，躺在床上，让它们各自为政，奏出不同的曲子，开头十分嘈杂，然后逐只停下来，直至静止。

他不过出去跳舞罢了，这只音乐叫圆舞。

至终他又会回到我的身边，因为这是舞的定律。

不过我未必在原位等他。

我要找个好过他百倍的男友，他会对他说："走走走，承钰现在同我在一起，由我保护她，由我爱惜她。"

这样想时，得到很大的满足。

真是幼稚，当然我会站在原位，即使有更好的人来，也不会跟他走，卡斯蒂尼尼何尝不想照顾我。

很小便发觉得到的才是最好的。

得不到，谁稀罕，同他扮个鬼脸还来不及。

老房子拆掉后，盖了大厦，我们没有搬回去，一直住外头。新居在海滩边，每早要开三十分钟车才到学校。陈妈走了以后，老司机也退休，一切不停地变，可以感觉到都市的节奏越来越紧，傅于琛很少在家。

老房子里，总有抹不净的灰。陈妈并没有督促帮佣日日勤拂拭，转弯抹角的地方有时可在灰上写下电话号码，隔三个月、半年，数字还可以保留。另有一番味道，老房子就是老房子。

新居不一样，一点尘都没有，两个女工寂寞至死，只得不停地东抹西抹，永远在抹。

清洁溜溜，令人惆怅。太整齐了，家似酒店。

一星期有时见不到傅于琛一次。

我也寂寞。

周末招待同学来游泳，有点心茶水招待。她们都已有异性朋友，故此打扮得花枝招展。

那时流行小小的比基尼泳衣，粉红色底子，苹果绿大圆点，为求刺眼，在所不计，头发梳得蓬蓬松松，缀一只小蝴蝶结。

但我已开始穿黑色。

傅于琛买所有的衣服，都是他挑的。

都是在膝头以下的宽裙，料子软熟，有风会贴在腿上。我同时代百分之百脱节，同学的裙都仅仅遮住臀位。

无论傅有多忙，都不忘替我打扮。

头发不准烫，必须长过肩膀。不给穿高跟鞋，每双鞋都是小圆头浅浅的，像舞蹈鞋。

游泳时，通常穿一件黑泳衣，梳马尾巴。

像来自另一个星球。

所以男孩子都不来追我。

女同学见义勇为，替我化起妆来，但每次回家，总要擦得干干净净，太像个贼，我厌倦。

也有给傅于琛抓住的时候。

他并不骂。

但三日后带回来一本画册，叫我看。

画家是毕加索，画叫马尾女郎，模特儿是碧姬芭铎。傅于琛说："这是你学习品位的时候了。"

后来都没有画过眼睛，但一直醉心各式各样的口红，一整个抽屉都是，密密麻麻，几百管。

喜欢搜集东西，是因为没有安全感，这是后来心理医生说的。

下午，同学散去，回家吃晚饭。趁泳池换水前，独个儿游了十多趟。

已经很疲倦，天又近黄昏，拉住池边想爬上去，竟没成功，滑下，再试一次，又乏力落水中。

有人伸出他的手。

我抓住，被他拉上去。

水溅湿他灰色麻布西装。

"你是谁？"我问。

"你想必是傅小姐了。"他微笑。

我罩着大毛巾，坐下来。

时间近黄昏，无论什么都罩着一层灰网与一道金边，看上去特别有气质。忽然想到自己也必然如此，不禁矜持起来。

这时傅于琛缓缓走出来，闲闲地说："哦，你们已经认识了。"

陌生人笑说："让我介绍自己，我叫邓路加，是傅先生的助手。"

忽然之间，我一言不发走回屋内，像是被得罪那样。

更衣下楼时，邓路加已经离去。

"怎么样？"傅于琛问我。

"你指那人怎么样？"

"是。"

"是你故意安排的？"

"是。"

"为什么？"

"你需要朋友。"

"自己会找。"

"不见你动手。"

"谁要你安排，你以为每个人都是棋子？"

"承钰，不准用这种口气说话。"

"我不喜欢他。"

"你还未认识他。"

经过安排认识的男朋友，多么反浪漫！

太令我气馁，为什么没有人追呢，如果男孩子排队在门外侍候，傅于琛就不敢做这种煞风景的事。

向往偶遇，在极端不可能的情形下，他见到我，我看见了他，心呼呼地跳，手底出汗，知道大限已至……多么好，将来就算痛苦也是值得的。

忽然想起来："我母亲第二次婚礼记得吗？"

"当然，我认识你的那一天。"他微笑。

"你为什么在场？"

"我是她的老同学。"

"如果你没收到帖，或是收到帖子没空去，或是到了那里只与新娘握手就走，我们就见不到了。"

傅于琛接下去："当日我的确另有约会。"

"女方爽约？"

"是。"

"谁那么大胆？"我觉得不可思议。

傅于琛眼神温柔，看着我微笑。是，在我心目中，他是最好的，没有人应该拒绝他。

他说下去："当时遗产问题并未明朗，我不过是一个不务正业的浪荡子，谁会对我忠心耿耿？"

"我。"

"你只有七岁。"

我也笑。

"但必须承认那已是极大的鼓励，"傅于琛回忆，"足令我恢复信心。"

"那女生是谁？"

"不记得她的名字了，只知道是一个酒店的经理。"

"她一定后悔终生。"我夸张地说，"直至永远，她都会对旁人说：'大名鼎鼎的傅于琛，他曾经约会我，但我没有去，呜呜呜呜。'"

傅于琛笑意更浓，他说："真的，这简直是一定的。"

我俩哈哈大笑起来。

傍晚，只要他有空，便开一瓶酒，用奶酪送，谈至深夜。

"可曾对我母亲有意思？"

他摇摇头："学生时期，她是个可爱的女生，可惜我们不接近。也许我较为孤僻，且又不是高材生或体育健将，谁会对我另眼相看。"

"接到帖子，只想：第二次结婚了，倩志永远要出风头，什么都要抢着做。到那日，闷闷不乐，无处可去，只得到婚礼去待着。"

我默默地听。

"那真是一生中最黑暗的一段时期，"隔一会他说，"承钰，你是我的小火焰。"

我笑。

永远不会告诉他，开始喜欢他是因为他寄来的明信片上有美丽的邮票，就那么简单。

"晚了，睡吧。"

"我不要再见到那个邓路加。"

傅于琛摇摇头。

我仍保留那张明信片。

我有一只年龄比我也许还大的洋铁饼干盒子，那张明信片在它里面保存着。

因为生活太无常，故此努力保留琐碎的东西，抓住它们，也似抓住了根。

将来老了，将会是那种买十个号码收租的老太婆。

邓路加时常来。

有时一个人坐在偏厅看书，老厚的一本英语小说，一下子看完。

没有人睬他，傅于琛少回来，我则做功课，只有佣人隔一会替他换杯热茶。

肯定邓路加视这为工作的一部分，一边坐一边收薪水，何乐而不为。多没出息。

他并没有缠上来，可见对我并没有发生真正的兴趣，这太过令人懊恼，过了几个星期，反而与他攀谈。

听见我同他说话，邓合上他的《鼠阱》。

"好看吗？"

"精彩绝伦。"

"能借给我吗？"

"请便，我再去买。"

"每次你只来这里读小说？"

他微笑。

"你不觉得浪费时间？"

可恶，他仍不回答。

"告诉我，傅于琛的女朋友长得怎么样？"

邓路加诧异我直呼父名，扬起一条眉。

过一会儿他说："不知你指哪一位？"

非在他嘴里得到消息不可，一定要把他的嘴唇撬开来。

叹口气："你总明白孩子对后母的恐惧。"

邓路加略略动容。

"倘若她不容我，怎么办呢？"脸上的忧虑倒不是假装的。

"不会的，马小姐人品很好。"

姓马。

傅于琛连这个都不告诉我。

"她为人开通吗，是不是你们的同事？"我说。

"别太担心，傅先生自然有所安排。"邓先生说。

我深深叹息一声，两只手托住头，像是不胜负荷。

"你还是小孩子……我带你去看部电影如何？"

真被他逗乐了。

原来邓以为他担任着一个保姆的角色。

"你的任务到底是什么呢？"

他老老实实地说："带你出去玩，令你开心。开头还以为你至少已中学毕业，谁知还小白袜，棒棒糖。你有多大，十五？"

"是，我还是小孩子，唉，多么希望可以长大成人。你呢，你什么年纪？"

"二十三了。"

赶紧作一个艳羡状："真了不起，你可以同二十多岁的小姐来往。"

"我喜欢比较成熟的女性。"

"我也喜欢比较成熟的男性。"

他腼腆地笑，以为我指的是他。

太妙了，简直是最佳娱乐。

"那么你心目中的人，该比马小姐大？"

圆舞　　083

"不不，约比她小一点，不过似她那般气质差不多。"

"她时常到写字楼来吧？"

"一星期总有一两次来找傅先生吃中饭。"

"照你所说，你选择的女性，都是正派的，像马——她叫什么名字？"

"马佩霞小姐。"

"谢谢你。"我站起来。

"你到什么地方去？"

"做功课。"

"不看电影？"

"不了，"我温和地说，"你说过，你只喜欢成熟的女性，我只有十五岁。"

"可是，"他怔怔的，"与你说话蛮有意思。"

"你再坐一会儿，不客气。"我说。

自邓路加身上，已得到很多。

马佩霞。

这名字不错，不知道她长相如何，人同名字是否有些相似。

佩霞。

把云霞带在身边，霞是粉红色的云。

第二个星期，趁有空，我就到傅氏办公大楼去。

预先也没有通知，由邓路加到接待处把我领进去。

他兴奋莫名："你来看我？"

我摇摇头。

"哦，"他冷静下来，"你来见傅先生。"

"是。"

"他在见客。"

"我等一下好了。"

邓请我到会客室。

我还穿着校服，拎着书包。这是我第一次踏入傅于琛事业的天地，大人的世界。

老实说，根本不知道自己为什么来，总而言之，马佩霞到过这里，我也有权来。

坐下后，不禁悠然向往。在办公地方，连邓路加都变了样子，不再是听傅于琛摆布的一个呆瓜。

在岗位上，他完全知道自己在做什么，指挥如意。

每个人都静静做着他们应做的事，只见脚步匆匆滑过。他们低声说话中交换的术语都是我听不懂的，似一种密码。

女职员打扮得高贵艳丽，全部套装高跟鞋，化着浓妆，发式合时。

我很心折，傅于琛就是这里的统帅，他控制全间办公大楼，他是脑，他是神经中枢。

女性对异性的虚荣崇拜油然而生，感觉上我是他心爱的人之一，沾了不知多少光。

心中不平之气渐渐消失。

邓路加说："这个会，要开到六点钟。"

手表说四点半。

本来等下去也无所谓，但忽然觉得自己渺小，这不是闹意气使小性子的地方。

"我先走了。"我说。

"有重要的事吗？"邓路加有点不安。

我摇摇头。

忽然想起来问："马小姐时常等他开完会？"

邓笑："才不会，只有傅先生有空时，马小姐才出现。"

我略为失望，想法竟同我一样哩，也这般为他着想。你瞧，能干的男人往往得到素质高的女伴，因为他们有选择的机会。

"我送你回去。"邓说。

"不用。"

"我去取外套，等我一分钟。"

我没有等他，独个儿出办公大楼，到楼下马路，仰头看这座高三十层的大厦。灰色的现代建筑衬着亚热带碧蓝的天空，美得不能置信。大门上有银灰色金属字样：傅厦。

我叹口气，叫部车子回家。

从那个时候开始，我留意傅于琛的事业，细读报章财经版上有关傅氏的消息。

我不想做他家中一名无知的妇孺。

那日他回来吃晚饭。

问我："路加说你下午到办公室来过。"

"是。"

"想参观我工作地方？"

"是。"

"改天约个时间，我叫路加带你逛。我们有三百多个员工，近百部电脑，写字楼占地面积有三万平方米。"

"你现在很有钱吧。"

他一呆，笑出来。

我看着他。

傅于琛温和地说："有钱？有足够的钱，早就不做了。"

"但你早期太浪荡，你自己说的，所以下半生要拼命工作，弥补过去少年的不羁。"

"你倒是很了解我。"他有点意外。

"你一定富有。"

"富足是一种心理状况，最富有的是满足的人，富有与金钱并无大的联系，承钰，这一点你要记得，三百亿与三千亿有什么分别。"

"但贫穷太可怕，"我说，"我差些被赶至马路睡觉，记得吗？"

"那是多年之前的事了，我要你忘记它，永永远远把这件事自你脑袋驱走，好不好？"

我苦笑："恐怕一辈子都记得呢，从没觉得那么凉那么怕，从此之后，再也不怕蟑螂蚂蚁毛虫这些东西，只怕被赶出屋子。"

他不以为然："只要有我在，你不必忧虑。"

"但是……你会结婚。"

他很狡猾："你也会结婚。"

"你真认为我会结婚？"

"当然，女大当嫁。"

"嫁给谁？"

"大好青年。"

"像邓路加？"

"路加有什么不好？人家是世家子弟，邓氏五代住在本市，祖宗做过清朝的官，曾祖是总督的幕僚，并非一般暴发户可比。"

"我不关心。"

傅于琛一直说下去："邓家托我带路加出身，他才到我处来做一份差使，你别看轻他，将来他的王国大于傅氏。"

我忽然想起："你呢，你为什么一直流放在外？"

"我的故事截然不同。"

"你从来没说过。"

"你一直没问。"

"傅家有些什么人？"

"我还有三个姐妹。"

"她们在什么地方？"

"都住在本市。"

"你从来不见她们。"

"我们不是一母所生。"

"我明白了，你是私生子，你父同你母没有正式结婚，他们姘居生下你。"

"承钰，你的坦率时常使我难堪。"

"是不是？"

"是。"

"他们对你不好？"

"家父很怕大太太。"

不用再说了，他一定吃尽苦头。

"你母亲呢？"我说。

"她去世早。"傅于琛说。

"你是孤儿？"

"一直是。"

"我也是，"我拍胸口，"我也一直是孤儿。"

"你说得不错，承钰，我们俩都是孤儿。"

我与他沉默下来。

过一会儿我问："后来呢。"

"在我三十二岁那年，家父去世。"

"那是我认识你的那年。"

"是。"

"发生了什么？"

"他把遗产交到我手中。"

"你不是说他怕大太太？"

"他死了，死人不再怕任何人。"

"那个老虔婆还活着吗？"

"活着。"

"啊呀，她岂非气得要死？"

"自然，与我打官司呢。"

"她输了。"

"我持有出生证明。"他微笑。

"所以你们父子终于战胜。"

"可以那样说。"

"你们付出三十三年时间作为代价？"

"也可以那样说。"

"快乐吗？"

"我所做的，只不过是我必须做的，与快乐有什么关系？"他叹口气，"事实上，世上一切同快乐有什么关系？"

"你与我在一起，也不快乐？"

"承钰，你是我生活中唯一的安慰。"

"是吗，唯一的？马小姐呢？"

他怔住。

我看着他，他也看着我。

"谁告诉你她姓马？"

我不出声。

"你不要碰她，知道吗？"

我大大地觉得委屈："你保护她，而不是我？"

傅于琛冷笑："我太清楚你的杀伤力。"

"我——"

他已站起来离开，不给我机会分辩。

我怒极，伸出脚大力踢翻茶几。茶几上盛花的水晶瓶子哗啦一声倒下，打在地上，碎成亮晶晶一千片一万片。

傅于琛没有回头看我。

他有他的忍耐限度。

我过了界限，自讨没趣。

乏味。

我们时常三两天不说话，僵着，直到他若无其事地与我攀谈起来。

这次我一定会认真地得罪他。

他愈保护马小姐，我愈不甘心。

第二日就约邓路加出来。

随便地问起他的家世，在一杯冰淇淋时间内，他说了许多许多许多。

三个姐姐，他是独子，全是同胞而生，自小疼得他什么似的。他最早学会的话是"弟弟真好玩"，因为人人抱他在手，眯眯地笑，说的全是这句话，祖父母、父母、叔叔、姐姐、店里的伙计，都争着宠他。

这时不得不承认邓路加本性纯良，他并没有被宠坏，待人接物非常稳重，一点没有轻佻的样子。

姐姐送的跑车，不敢开出来，怕父亲说他招摇，可见家教是好的。

傅于琛想把我嫁入邓家。

但是，循规蹈矩的男孩子只能娶规矩的女孩，周承钰是裁坏了的衣服，再也不能翻身。

"愿意见家父家母吗？"路加问我。

我摇摇头。

什么都没有做，已经心虚，伯父母像是照妖镜，邪不胜正，无事不登三宝殿，见来做甚。

我有种感觉，这一关不好过。傅于琛有些一厢情愿，他偏心于我，对我另眼相看，所以认为邓家的长辈也会如此，多么天真。

与伯父母见了面，如果他们问"傅小姐，怎么令尊不与你一起"，我怎么回答？说"我不姓傅，我姓周"？

一下子就拆穿了西洋镜。

"在想什么？"路加问。

"没什么。"

"总觉得你有时会像元神出窍似的，不知飞到什么地方去。"

我微笑："一飞出去同梦魔皇大战三千回合。"

路加大笑起来，他说："再也找不到一个比你更有趣的女孩子。"

但在这表皮下，周承钰是一个极度欠缺安全感及悲哀的人。

路加握住我的手："我要等你长大。"

"我才不要长大，永远做十五岁多好。"

"你不像十五岁。"

痛苦塑造性格。路加也不像二十三岁，很多时他比我幼稚。

陪他说了那么久闲话，渐渐进入正题。

故意不在乎地说："他们好似已论到婚嫁。"

路加一怔，随即想起来："你指傅先生同马小姐。"

"嗳。"

"没有这么快。"

"你怎么知道？"

"公司里同事都这么说，马小姐家里不大赞成。"

这倒是一宗意外。

居然会有人嫌傅于琛，我想都没想过。

"但他们几乎已经同居。"

"嘘——"路加将一只指头放唇上。

在那个时候，同居还是很难听的一个名词，太丑恶与不名誉，社会上只有少数人才会有胆量付之实践。

路加面孔都红了。

"马小姐算是好出身？"

"她们家是生意人，据说母亲极为反对。"

"小姐年纪也不轻了吧。"

"好像有二十七八了。"

"怎么没人要？"

路加看着我微笑："你对马小姐的兴趣真大。"

"她有机会姓傅，你能怪我太关心？"

"傅先生结过一次婚，又有——"

我给他接上去："又有一个私生女，所以马家对这桩婚事并不是太兴奋，不过越拖越是糟糕。"

路加只是微笑，不肯再说下去。

我问路加："女人到了三十岁尚未结婚是什么样子？"

"我不知道。"

我们两人都不认得三十岁未婚的女性。

"一定很彷徨。"从来没想过自己也会到三十岁。

从来没想到，每个人总会到三十岁，除非在二十九岁那年死了。

三十岁对年轻人来说，是人类年龄的极限，一过这界线，会变成另外一种生物。

说得紧张，不禁与路加投机起来。

一时不觉，与他做了朋友。

他很有德行，虽然非常想讨我欢喜，但想在他嘴里讨得独家新闻，并不容易。我猜想他也知道得不多。

最后，他给了我很好的忠告："我看你对这件事是非常担心。为什么不请傅先生把马小姐正式介绍给你认识呢？有什么活当面说清楚，岂非好过放在心中揣测？"

世上哪有这么简单的事，倘若有，也不会叫周承钰遇上。

"我愿意亲自见她，你肯否为我扯线？"

"这不大好吧，我是外人呢。"路加犹疑。

"他不肯让我们两个人见面。"

"傅先生这样做，也许有他的意思，我不方便干涉他的家事。"

我叹口气，看着他。

路加略为不安。

"这样吧，马小姐到傅氏大楼的时候，你通知我一声，也就完了。"

他还在沉吟。

我伸出双臂，生气地把路加推出去。

"走走走，举手之劳都不肯，这样的朋友要来作甚，还天天跑来坐着穷耗时间，叫我不能做功课。"

他急了："好好好。"

我放开双手，吁出一口气。

路加所能为我做的，也不过是这么多，以后一切，还是得靠自己。

路加总共替我报过两次信。

一次人在学校里，他没把我联络上。

第二次是周末，接到路加的电话，立即赶去，到了傅厦，他在会客室等我，有点生气。

他说以后都不会再帮我做这种事了。

可以猜想的是他一生光明磊落，家教黑白分明，他从没见过阴暗的一面，即使是打一个电话报一声行踪这么简单的事，已令得他有犯罪感。

他这副纯洁的头脑叫人妒忌。

我急急向他道谢，在走廊中，看到马佩霞。

这是种直觉，写字楼中那么多人，但一眼就知道她是她。

当时名牌还没有把本市堆垮，只觉她把一套套装穿得得体好看，而不是什么牌子，十分显真功夫。

她高大白皙，挽着一只嘉莉斯姬丽式手袋，脚上一双斯文的密头高跟鞋，打扮自有她的气度，并不跟足时下疯狂流行装束。

奇怪的是，她也朝我看来，仿佛认识我的模样。

我趋向前去："马小姐？"因为在赵令仪身上成功过一次，这次特别有信心。

"你一定是承钰。"她微笑。

意外。

"于琛常常说起你。"

啊，说起我？

"难得你也在这里，来看路加是不是？"她笑着，"要不要把他叫出来请我们吃饭？"

第一个回合就不知如何招架，她连路加都知道。

"我想咱们俩先去喝一杯咖啡。"

马佩霞问："就我与你，路加也不让去？我知道一个地方，来来来。"

马佩霞同赵令仪是完全不同的女性。

我没有好好地准备，轻敌。

此刻反成为被动，让她拉到闹市一间茶店去坐了一会儿。

我边动脑筋边说："这里太吵了，不如到舍下稍坐。"

她进一步很大方地接受邀请："好哇，我还没去过呢。"

有一丝后悔，仿佛造就机会，让她登堂入室似的。

到了这个时候，也来不及了，只得一步一步来。

房子已不是赵令仪见过的房子，我与傅于琛的房间不在一层楼上，没有什么可供参观的。

我尽量装得闲闲的，有一句没一句地介绍着，每说一句，马佩霞都说"于琛他也这么讲"，对我的话并不觉新鲜。

我如报导隔夜新闻似的，越说越乏味。

渐渐觉得这是傅于琛的诡计，他早为马佩霞打了防疫针，使她习惯了我这个人，傅于琛好不阴险。

我推开傅于琛的房门，一边说："他的睡房很大……"

马小姐喜呼："于琛，你在这里。"

我完全被作弄了。

傅于琛坐在安乐椅上，似笑非笑地看着我。

"你怎么回来了？"马小姐过去问他。

"我知道承钰会带你来参观。"

"那为什么不同我们一起去吃茶。"

"你们女孩子单独谈谈岂非更好。"

马小姐说："承钰领我到处看，这里比我想象中大得多，你们两父女很会享受。"

"你看承钰多喜欢你，你们以后可以常常约会。"

他戏弄我。

傅于琛戏弄我。

他完全有备而战。

我默默坐一旁，这次输了，以后再也别想赢。

当夜马小姐在我们处吃饭。

菜式很丰富，不知是几时备下的，大约路加做了间谍，两边都泄露了消息，好让傅于琛大获全胜。

饭后他们坐在泳池边聊天，我自顾自懊恼，失败，再失败没有了。

"承钰——"他叫我。

我假装没听见，走到楼上卧室去。

自窗口看下来，他俩好不亲密。

到了十一点多他才送她回去。

都由我亲手造成，还有什么话好说。

到一点多他才回来。

我并没有睡，他也知道我并没有睡。

他问我："觉得马小姐怎么样？"

"不错。"

"谢谢。"

"你对她怎么说，她可知道我是什么人？"

"义女。"

"有没有问为什么收养义女？"

"人到了一个年纪，就不再问问题了。"傅于琛微笑。

"这是你选择成熟女性的原因。"

"可以这么说，她们知道得到的才是最好的，比较懂得珍惜手上的东西。"

"你作弄我。"

"承钰，我不过不让你作弄而已。"

我与邓路加的关系，也这样中断。

刚把他当朋友，他就出卖我。这里边有个教训，要好好学习。

事后他还像只傻鸡似的跟在我身后问："承钰，承钰，你为何不睬我？"

他还要问我。

人是很难有自知之明的吧。

上面这宗事，是十五岁那年，最重要的大事。

马佩霞是整件事内唯一无须付出代价的得益人，从此她变成了我们家的常客，而我也开始喜欢她。

虽然傅于琛供应我一切物质所需，我仍然觉得非常非常寂寥，有个人能够聊天，总胜于无，她又这样知情识趣。

想念旧宅子，至少两间房只隔一道中门，可以听到声音。

现在，我与傅氏像是隔着一个海。

马佩霞有一次同我说："他有一面是不为人知的，没有人能完全看透他，但是，又何必看透他呢。"

马小姐年纪大，经验多，她所说的话，当然有道理。

傅于琛并没有同她结婚，她也没有作出这样的要求。

当时不明白，后来才知道，她不愧是一个聪明的女子。

马小姐后来有很好的结局。

社会的风气渐渐转变，同居在 20 世纪 70 年代已变为非常普遍一种现象，她在傅于琛身上得到一些好处，做起小生意来，在他的帮助下，进展得一帆风顺。

到了 80 年代初，马佩霞已成为时装界数一数二的名人，同行把她当教母看待。

我，我是本市唯一走进她店内随时五折取货的人。

很多人不明白我们之间的关系。

马小姐是念旧的老式人。

最后，她正正式式嫁了人。

傅于琛厚厚的送了笔礼，她跟他足足十二年。

但我们仍然叫她马小姐。

有些女人，因为经历有点异常，一直沿用本姓，人称她什么太太，她都不会应。

正等于另一些女人，一直只是什么人的妻子，本人姓名早已湮没，不为人知。

人的命运各自不同，变化多端，女人的命运又更多幻彩。

马小姐一直容忍着我，我也容忍着她。

老觉着每个人都是乞丐，自命运的冷饭菜汁盆中讨个生活，吃得饱嘛，已经算是幸运，冷饭中或混有烟头或味道甚差，只好装作不知不觉，有什么选择？乞丐没有选择。

打那个时候开始，已有悲观思想。

偷生，没有人可以达到他理想的生活，都在苟且偷生。

马小姐说："年轻人都是激烈的。凶，一口咬住不放，有什么好处呢？"

中学最后一个学期，我同傅于琛说，要在毕业后出去做事。

他看我一眼："毕业后再说吧。"

"我是讲真的。"

"我知道，穿校服穿腻了，不如暑假先到我公司来实习一下。"

"我要赚许多许多钱，到瑞士升学，坐私人飞机，成为世界名人……"说出来仿佛已经发泄掉。

傅于琛看我一眼："没想到你也同一般孩子一样。"

"但我没有真相信这些会发生。"我颓然放下挥舞的手。

"坏是坏在这些事时常发生，就像奖券一样，每期都有人中，你说引不引死人。"

"你是怎么中奖的？"

"苦干二十五年一毛一分赚回来的，"他跳起来，"什么奖！"

我摊开手："有什么味道，什么都要苦干二十五年。无论什么，一涉及苦干，即时乏味，二十五年后已经四十岁，成功有什么用？"

傅于琛啼笑皆非："女孩子最难养的时候是十五六岁，毫无疑问。"

"为什么要种瓜得瓜，种豆得豆？为什么种苦瓜得苦瓜？"我继续发问，"为什么树上不长满甜蜜的成功果子，有缘人摘下来就可以一口吃掉？"

傅于琛坐在安乐椅上大笑起来。

我过去伏在他膝上。

"很多时候，我不要不要不要长大，情愿情愿情愿只有七岁，可以在你怀中过日子。"

他轻轻说："不但要长大，而且会长老。"

"你是不会老的。"

"那岂非更累，一直做下去。"

"你已有钱，不必再做，让我们逃到世外桃源去，躲在那里，直至老死。"

"学校国文课刚教了《桃花源记》吧。"

又被他猜中了。

"我要到欧洲去一转。"

"同马小姐去？"

"我叫路加来陪你。"傅于琛说。

"不要他。"我说。

"我另外介绍小朋友给你。"

"你要丢开我。"

"你不可如此说话。"他已站起来。

"傅于琛！"

他转过头来："也别这样连名带姓叫我，承钰，你总要学点规矩。"

"为什么？为什么同她去旅行？"

"马小姐三十岁了，问她要什么生日礼物，她说只希望我抽空陪她去一次欧洲。"

"等我三十岁时，我也要你这么做。"

"等你三十岁？届时只怕我求你，承钰，你也不肯陪我。"

马小姐真是生活中之荆棘。

傅于琛这次派来的人比较活泼，他的名字叫曾约翰。

不像路加，他家里环境比较普通，因此较为接近生活。他对未来很有憧憬，但没有幻想，知道前面的路迂回曲折，但希望凭着年轻人的牛劲，努力闯一闯。

约翰很风趣，很会讨人欢喜，而且他不替傅氏做事，他只是傅氏的普通朋友。

我们去看电影。

那时电影已在闹革命，派别甚众，许多没人看得懂，更有许多看得人头痛。

我仍然眷恋《圆桌武士》、《七洋海盗》、《月宫宝盒》、《红色鹅肠花》这些老式影片。

我甚至仍然订阅《儿童乐园》。

曾约翰试图扩阔我的海岸线，带我到各式各样新鲜地方去玩。

我并不喜欢。

他会温柔地说："你真四方。"

我是傅于琛训练出身的人，不懂跟其他师傅。

他也知道有路加那么一个人。

"他是你追求者之一？"约翰问。

"不，没有人追求我。"

"但他明明是。"

"他只是想解释。"

"但没有人会对他不喜欢的人解释什么。"

"偏偏他就是。"

"他不会把我当情敌吧，说不定什么时候痛殴我一顿。"

"他不是追求我。"我再三说。

"好好好，没人追求你，没人喜欢你，我也不是，好了没有？"

等到求仁得仁之后，又怀疑起来："那你为何约会我？"

"傅先生每小时付我一百块酬劳。"

我笑。

如果是，倒使我安心。

为什么不呢，傅于琛付得起，曾约翰又肯赚，两不拖欠，周承钰又有伴侣。

我们坐在书房中谈到天亮，因为年轻，体内蛋白质多，精神旺盛，丝毫不觉累。

不到两个星期，便成为很熟很熟的朋友。

甚至问他："我们不如结婚。"

他郑重地说："你年龄不足，要父母签字。"

"什么是合法年龄，二十一？"

"你还要等。"

"你可以随时结婚。"我羡慕地说。

"我想是的。"

"如果我是你，我即时走出去结婚。"

"为什么？"

"不为什么，也许闷。"

约翰也笑，伸手拧我面颊。

他是好男孩，不然傅于琛不会叫他来，约翰一点非礼的举止也没有。

当然，很大的因素是觉得我没有吸引力，早说过一千次，没有人追求我。

同学们都有把臂同游的爱人，他们会毫不犹疑地为她们去死。

而我。

我的男伴都由傅于琛挑选安排。

"我可以到你家去吗？"

约翰第一次露出勉强的神色。

"不。"

"为什么？"

"你最爱用的三个字是——"

"'为什么'。"我给他接上去，"为什么？"

他沉着地说："我家比较浅窄，人口又多，没有私人角落，不方便招呼客人。"

说了这么多，他的意思是穷。

我很诧异，心中有些佩服，于是不再言语。

没想到约翰会再说下去："弟妹多，父亲是小职员，家中难得见到一件奢侈品……承钰，你不会明白吧，在你的世界里，什么都多得堆山积海。"

我忽然感动了，有人比我更不幸呢，我不自觉地把手按在约翰的手上。

"我仍在用功,希望考到奖学金出去,同时,至少,"他语气有点讽嘲,"希望储蓄买一条时兴式样的裤子穿。"

我连忙说："不不不，最讨厌喇叭裤，待潮流过去，你便会知道这

是多么荒谬的款式。瞧，我也不穿那些。"

约翰笑了。

他有他的忧虑，有他的愁苦，但同时他心中也有许许多多许多希望，这是他与我不同的地方。

傅于琛与马小姐还没有回来。

只给我寄来一张明信片。

看到之后，吃一惊，不但卡片式样熟悉，连那张花鸟的邮票也一模一样。

跟我收到的第一张明信片完全相同，寄自同一个国家同一个埠，寥寥几行草字，签名似花押。所不同的，收信人不再是惠叔，改了我，邮戳上的日期，晚了八年半。

傅于琛这样有心思，真没想到。

是有名有利的中年人了，还花时间精力来玩游戏，为着讨小女孩欢喜，更加难得。

把旧明信片取出对比，简直看不出有任何分别，但物是人非，环境转变太大。唯一相同的是，仍不知，明天的我，何去何从。

快快毕业，至少可以找到一份可以糊口的职业。

约翰诧异地说："你疯了，怎么会想到要出来做事，非常吃苦的。"

"依你说怎么办？"

"读书，一直读书，什么都不做，读遍欧美名校。"

约翰爱读书，但家境不好，不能如愿。

"你以为人人都似你。"

"不骗你，出来社会斗争会令人减寿。"

"那是因为你太过敏感，许多人都认为是生活一部分。"

"你呢，"约翰问我，"你麻木不仁，故此不怕？"

怕。

怕得要死，但更怕无依无靠无主孤魂似的生活。

傅于琛同马小姐仍没回来。

我与约翰什么都谈过，再说下去就得论婚嫁了。

也幸亏有他，他比路加成熟，我颇喜欢他，暗暗决定要帮他忙。

主人不在，司机日日仍然把车子驶出来，打磨拂拭，车子部部精光锃亮，可以当镜子用。

傅宅的车子全部黑色，古老样子。

约翰说："将来我买一部敞篷车，载你满山走。"

"我们也有敞篷车，你会开吗？"

"会。"

"有无驾驶执照？"

"刚刚拿到。"

我把车房门打开。

曾约翰立即吹口哨。

"漂亮的车是不是？"

他点点头。

"没开过几次。"也没载过我。

傅于琛很快对它丧失兴趣，因开车需要集中精神，而他心中旁骛

太多。

"我们这就可以满山跑。"

约翰摇摇头："将来，将来我自己买车。"

这人瞎有志气，我笑："将来，将来都老了。"

"老怕什么？总要是自己的才作数。"

"好好好，那你教我开。"

"不行，我替你找教车师傅。"

"你看你们，全似算盘珠子，拨一拨动一动，乏味。"

"'我们'，还有谁？"他不悦，"别拿我比别人。"

曾约翰真是个心高气傲的男孩子，将来会否凭这一股傲气窜出来？

过一日，他替我找来教车师傅。

师傅开的是一辆龟背车，一眼看到便味的一声笑出来。

约翰说："学三两年，开熟了去考驾驶执照也差不多了。"

居然有大男人作风，看不起女流。

傅于琛仍未归来。

我找到敞篷跑车的锁匙，缓缓开出车子，趁夜，在附近兜风。

开头只敢驶私家路，渐渐开出大马路。

车子驶回来时没有停泊好，司机发觉，说我数句，被我大骂一顿。他深觉委屈，以后不再多事。

高速使人浑忘一切，风将头发往后扯，面孔暴露在夜间空气中。尤其是微雨天，敞篷车更显得浪漫，回来衣履略湿，又不致湿透，留下许多想象余地。

像什么呢？说不上来。

没有人知道我晚上做什么，开了车内的无线电，在停车弯内坐一小时。

连约翰都不知道。

他不过是傅于琛另一个眼线，我太晓得了。

终于出了事。

这是必然的。

车子撞上山边，幸亏是玻璃纤维的车身，即时碎成苏打饼干模样，人没有受伤。

我受惊，被送到医院去观察。

再过一日，傅于琛就回来了。

我知道他与医生谈过，但没有到医院来看我。

出院回家，他也不来接，旧司机已被辞退，由新人接送。

他坐在安乐椅上，若无其事地看着我，手随着音乐打拍子。度假回来，他胖了一点，更加精神奕奕。

"一部名贵汽车就此报销。"傅于琛说。

我说："可不是。"

"将来年纪大了，尾骨什么地方痛起来，可别怪人，也许就是这次挫伤的。"

"我向来不怪任何人。"

"啧啧啧，这么口响。"

"你走着瞧好了，再也不抱怨，再也不解释。"

圆舞　　109

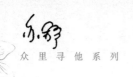

傅于琛讪笑："要不要同我三击掌？"

我不响。

"下次要再出事，我才不会赶回来。"

我诧异："你去了也已有个把月，也应当回来了。"

他感慨地说："欧陆的小镇如仙境般，谁想回来？"

我索性诅咒他："那你干脆早登极乐也罢。"

他哈哈大笑起来。

"我有一事求你。"

他一呆。

我字典中没有这个"求"字，因为极度的自卑，故此刻意避免提到它。

"关于曾约翰。"

傅于琛留神听。

"他爱读书，如果你可以帮助他，未尝不是美事。"

"你叫我资助他？"

"是。"

"学费不便宜。"

"同撞烂的那部跑车差不多。"

他笑："你知道就好。"

"对曾约翰来说，这笔资助可以改变他一生。"

"怎么用钱，我自有分寸。"

"投资在他身上是值得的。"

"看，一个孩子竟教傅氏投资之道。"

"不是有个大亨说过吗，人是最难得的资产。"

"你对曾约翰似乎很有好感。"

"我不否认。"

"他诚惶诚恐，怕得不得了，以为我会怪他准你开车。"

"他？关他什么事。"

"我也这么说，周承钰脑子想些什么，他百分之一也把握不到。"

"不过他是读书好材料，他是那种捧着字典也看得其味无穷的人。"

"承钰，天下有太多的有为青年，无须刻意栽培，总会得出人头地闯出来，不用你我操心。"

"像你，是不是？"

"我会考虑你的建议。"

"谢谢你。"

"我不要你恨我。"

我沉默。

"你可有收到我们的明信片？"

"我们"这两个字特别刺耳。

我漠然抬起头："明信片，什么明信片？"

站起来回房间去。

当夜做梦，看到自己站在大太阳底下的街头等计程车，身边有两只行李箱，不知谁把我赶了出来。啊，寄人篱下是不行的，箱子那么重，太阳那么猛烈，伸手挡住刺目的白光，没有哭，但眼前泛起点点的青蝇。即使在梦中，也觉心如刀割，这噩梦将跟随我一生，即使将来名成利就，

也摆脱不了它。

满额满背的冷汗使我惊醒，喘息声重若受伤的兽。

仍然没有哭。

翌年就毕业了。

这一年像拖了一辈子。

夏季似人一辈子那么长。

蝉在土底下生活数年，破土而出，只叫了一个夏季。

白兰花香得人迷醉，栀子花一球一球开着。

整天泡在水中，皮肤晒成金色。笔记读得滚瓜烂熟，成绩五优三良。所盼望的日子到达。

结识了同学以外的朋友，有一组人要拉我当他们实验电影的女主角。

像我这样的女子，也渐渐为人接受，破了孤寂。

仍与曾约翰有来往。

时常作弄他，老说："自从那次撞车后，记性就不行了，谁叫你不好好看住我。"

而他，总是装出很懊悔的样子来满足我。

他愈发英俊，很普通朴素的衣裳穿在他身上，真是好看。夏季，总是白衬衫白卡其裤，头发理得短短，完全与时代脱节，另具一格。

马小姐都欣赏他，老说："承钰，约翰与你的气质真相配。"

我尊敬他。

但有什么用呢，我的爱不够用，不足以给别人。

112

约翰还在储蓄。

当我们年轻的时候，总以为除了剑桥大学，没有学校能够配得起我们。而一切困难，总会得有办法克服。

约翰要靠自己的力量出去读书。

他也不断投考奖学金，也获得面试机会，可惜永远有人比他更有为更上进。

傅于琛在一个夏夜，对我说，要把我送出去。

"不，我要赚钱。"

"中学毕业赚什么钱？"

"师范学院已录取我。"

傅于琛一点反应也没有。

我说下去："有宿舍，可以搬进去住，申请助学金，不必靠人，将来出身，也算是份上等职业。"

他似没有听到我说什么。

"我叫曾约翰陪你去，他也会得到进修的机会，一切合你理想。"

"我要独立。"

"曾约翰得到消息，开心得不得了，雀跃，说是最值得做的保姆。"

"你没有听我说什么。"

"曾约翰已选定念建筑系，你如只读法律，大家七年后回来。"

我为他的态度震惊，这完全不像他，太过幼稚。

接着他喃喃地说："七年……你正当盛年，而我已经老了。"

我啼笑皆非。

"不不不，"大声说，"你不会老，而我也不会与约翰到外国去。"

傅于琛终于作出反应，他双眼闪出晶光，凝视我。

"咱们走着瞧。"他说。

他就是那样。

约翰第二天来找我，一脸红光，精神奕奕，兴奋得眼睛都亮了。

我坐在泳池边。

影树一头一脑开着红花，阳光自羽状叶子星星碎碎漏下，使人睁不开双眼。

他告诉我他有多么快乐。

长了那么大，他才第一次知道如愿以偿的欢欣有这么大。

我很替他高兴。

一早晨他滔滔不绝谈着，我总觉得有人在窥视他兴高采烈。

谁，是不是我？

也许是，我对他总有点冷眼旁观，无法全部投入。

待他说完了，我才开口。

"约翰，陪我去一个地方。"

"自然，哪里？"

"师范学院。"

约翰要开车送我，我不准。

一定要乘公路车去。

那天是个热辣辣的艳阳天，我们转了两趟车，还得步行一段路。

车上我一句话也没说，净用手帕抹汗。

下车后走山路，一点遮阴的地方都没有，这时如果下一场雷雨，必然浑身通湿。

正午太阳的投影只得脚下一搭小小黑影，约翰不出声，紧贴一旁照顾我。

他的白衬衫被汗透地印在背部。

他没有问问题，我真感激他没有问。

到了学校门口，一大群新生在办入学手续，我趋向前。

约翰诧异了。

"这不是你的地方。"他说。

我虚弱地说："让我看看清楚。"

我们巡视课堂，看过之后，心中有数，再经过饭堂，坐下喝一杯茶。

碰到女同学，她愉快地介绍姐姐给我，姐姐明年就可毕业，十分担心出路。

"出路，为什么？"

"教席极少，毕业生太多，许多时候毕业等于失业。"

但姐妹俩还是热心地把我拉到宿舍去参观。

她们看了约翰一眼，咭咭地笑，请他在会客室稍候。

宿舍是间打通的大房间，每人一张床，一共五个床位，卧榻边一只小茶几，浴室在走廊尽头。

我苍白地想：这个简陋的地方像哪处？

对了，像儿童院，同孤儿院的设备一模一样。

当众穿衣脱衣，当众熄灯睡觉，醒来每朝取过漱口杯毛巾到浴室

去洗脸刷牙……

不行。

同学姐妹的热心推荐介绍一个字都听不进去，只见她们嘴唇嚅动。

我一阵晕眩，伏在墙上呕吐起来。

她俩慌了，我挣扎下楼，叫约翰的名字。

他过来扶着我，很镇静地说："承钰你中暑了。"

他立即打电话叫司机来接。

在小小会客室中，他细声说："这不是你的地方。"

我靠在他肩膀上，紧闭着眼睛，没有言语。

乌云集在天空，豆大的雨点落下来，一阵雷雨风吹得会客室中几份旧报纸七零八落。

校园中受雨淋的学生都涌进来躲避，有人架起康乐棋台子。

人一多有股体臭味，是汗味，橡胶鞋味，也许有谁的头发已多天没洗了。

约翰轻声说："这不是你的地方。"

对同学姐妹来说，巴不得有群体生活的热闹经验，因为在某处，另一个温暖的家，关心她们的父母永远在等她们。

这里，这里不过是学生营罢了。衣服，周末捧回去洗，爱吃什么，吩咐母亲预早煮下……

我不行。

我什么都没有。

傅于琛知道，曾约翰也知道。

车子到了。

约翰用手臂遮护着我出去，但雨实在太大，我俩还是淋湿了身子。

司机备着大毛巾，是约翰叫他带来的，约翰没有顾自己，先将我紧紧裹在毛巾内，然后狠狠打几个喷嚏。

回到家中，傅于琛与马小姐刚刚不知商量什么。

马小姐诧异问："到什么地方去玩了，淋得如两只落汤的鸡。"

傅于琛不出声，假装没看见。

我在心中叹息一声，稍后约翰定会把一切告诉他。

我没有病，约翰病了。

那种面筋般粗的大雨，接连下了一个礼拜。

可以想象公路车上兵荒马乱的情况，多少学生要在那条斜路上淋湿身子。

中学时就有同学到家政室借熨斗，熨干滴水的裙子。

而我，坐在司机开的宾利里面，隔着车窗，一切不相干，大雨是大雨，我自捧着本书在车内读。

这倒无所谓，然而不应天真到以为能够到外面世界生活。

因为惭愧，整整一星期没有说话。

想去探访约翰，被他郑重拒绝，等雨停时，他的寒热也退了。

我们办妥一切手续。

选的是间私校，念英国文学，一班只得十来二十几个学生，与讲师的比率是一点五比一。

学校在马里兰，春天一市樱花，校园内几乎看不到别种植物，春

风一吹，花瓣密密落下，行人一头一身都沾满粉红色。

我将在那里度过数年。

约翰为我在附近租了小公寓，独门独户，环境雅致，他自己住宿舍里，但每日来管接送。

但我仍觉寂寞悲哀。

为什么不能咬紧牙关度过那两年呢，有同学做伴，不会太难过，她们可以，我也应该可以。

傅于琛说："但你有选择，她们没有。"

临走那夜，我们谈到深夜。

"但这条路不是我应走的。"

"告诉我为什么。"

"我有什么资格领这个情。"

"曾约翰却没有这种想法。"傅于琛说。

"他同我说，他打算偿还你。"我说。

"是吗，你认为他做得到吗？"

"至少他为你做我的保姆，这是他的职责。"

"你也有职责。"

"那是什么？"

"你令我快乐，完全无价。"

"时过境迁，现在你要把我遣走，好同马小姐结婚。"

"说到哪里去了。"

"那为什么要我走？"

"让你去进修，过数年你会感激我，知道有文凭与无文凭的分别。承钰，你的聪明全走错了筋脉，你看曾约翰多么机灵。"

我微笑："是的，你说得对，我没有半分打算，不懂得安排。"

"到了陌生环境，你可以有机会去接受别人的爱。"

"有人给你她终身的爱，难道不好。"

他沉默许久，没有回答，坐在他喜欢的固定的椅子上，动都不动，人似一尊蜡像。

我缓缓走过去，想伏在他膝上。

已经长大了，我慨叹，手长腿长，不比以前了，只得呆立着。

带到马里兰的行李之多，连傅于琛都吃一惊。

他问："里面都放些什么？"

我不回答。

他摇摇头。

"我知道有人要说'生不带来死不带去'之类的话，不过我现在活着，箱子里面，都是我认为最重要的东西。"

约翰取笑我："那又何用板着脸。"

傅于琛说："约翰，你要当心承钰，她非常古怪。"

"是傅先生把她宠坏的。"

"是吗，我宠坏她？"他退后一步打量我，"抑或是她宠坏了我？"

这是他第一次在人前说出这么暧昧的话。

约翰非常识趣，即时噤声，没作出任何反应。

我问："你可会来看我？"

"我很少经波士顿那一头。"

"你可以特地来一趟。"

"还没走就不舍得，怎么读书？"

"我巴不得一辈子不离开。"

"是吗，前几个星期才要去过独立的生活。"

他没有忘记，没有原谅我。

"只有独立的生活，才可以使我永远不离开你。"

"青春期的少女，说话越来越玄。"

"你故意不要懂得。"

曾约翰装作检查行李，越离越远。

"你是大人了，几乎有我这么高，"傅于琛伸手比一比，"只较我矮数厘米。"

"不，马小姐才是大人。"

傅于琛微笑："那自然，我们都是中年人。"

"哼。"

"如果我没听错，那可是一声冷笑。"

"我们仍在舞池中，生活本身是一场表演，活一日做一日，给自己看，也给观众看，舞蹈的名称叫圆舞，我不担心，我终归会回到你身边，你是我最初的舞伴，由你领我入场，记得吗？"

傅于琛拉一拉我头发："这番话原先是我说的。"

"你所说的，我都记得。"

我与约翰上了飞机。

曾约翰像是知道很多，又像是什么都不知道。

如果有时间有兴趣去发掘他的内心世界，未尝不是一件有趣的事。

我们认识有一段日子，双方也很熟络，但他不让我到他家去，不知又有什么事要隐瞒。

我们两人都有心事。

飞机在大都会上空兜了个圈子飞离，座上有几个去升学的学生已经双眼发红哭出来。

是因为不舍得，由此可知家是多么温暖。

我的感觉是麻木，无论走到哪里，我所认识的人，只得一个傅于琛。

斜眼看曾约翰，他一脸兴奋之情，难以抑止，看来想脱离牢笼已有一段日子。

同样是十七八九岁的青年人，对一件事的感受各有不同，甚至极端相异，都是因为命运安排有差距吧。

飞机旅途永远是第四空间，我们都飘浮在舱内，窗外一片云海，一不小心摔下来也就是摔下来了。

青年人坐得超过三小时便心烦，到处走动，吸烟，玩纸牌，聊天。

只有我同曾约翰不喜移动。

我看小说，他打盹。

有一个男生过来打招呼："喂，好吗，你的目的地是何处？"

我连头都不抬。

"架子好大，"他索性蹲在我身边，"不爱说话？"

他是个很高大的年轻人，样子也过得去。

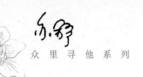
他们说，朋友就是这样结交的，但我没有兴致，心中只有一宗事一个人。

除此之外，万念俱灰。

我目光仍在那本小说上。

大个子把我手中的书本按下。

"不如聊聊天。"

身边的约翰开口了："小姐不睬你就是不睬你，还不滚开！"他的声音如闷雷。

我仍然没有抬头。

"喂，关你什么事？"大个子不服气。

"我跟她一起，你说关不关我事。"

约翰霍地站起来，与大个子试比高。

大个子说："信不信我揍你。"

约翰冷笑："我把你甩出飞机。"

对白越来越滑稽，像卡通一样。

侍应生闻声前来排解。

我放下手中的《红楼梦》，对大个子说："你，走开！"又对约翰说，"你，坐下。"

大块头讪讪地让路，碰了不大不小的钉子。

约翰面孔涨得通红，连脖子也如是，像喝醉酒似的，看上去有点可怕。

"何必呢，大家都是学生。"

约翰悻悻地说：“将来不知要应付多少这种人。”

我把书遮住面孔，假寐，不去睬他。

没想到他发起疯来这么疯。

在等候行李时，看见大块头，约翰还要扑过去理论，那大个子怪叫起来。

我用全力拉住约翰。

“再这样就不睬你，你以为你是谁！”

这句话深深刺伤他的心，他静止下来。

接着几天忙着布置公寓，两人的手尽管忙，嘴巴却紧闭。

没有约翰还真不行，他什么都会做，我只会弄红茶咖啡与鲔鱼三文治。

傅于琛选对了人。

唉，傅于琛几时错过呢？

比起同年龄的人，他都遥遥领先，何况是应付两个少年。

曾约翰强烈的自尊心发挥淋漓尽致，一直扮哑巴。

“我得罪你？”

“不，自己心情不好。”

“现在知道我带的是什么了吧。”

“把卧室布置得像家一模一样，把那边一切都抬过来了。”

“是。”

非这样不能入睡。

约翰又渐渐热回来，恢复言笑。

我古怪？

他有过之而无不及。

"来，"我哄他，"过来看我母亲的肖像。"

"令尊呢？"

"不知道，没人告诉我。"

"照片也没有？"

"一无所有，一片空白。"

"那也好。"

我啼笑皆非。

"什么叫做也好，你这个人。"

他伏在桌子上，下巴枕在手臂上："我完全知道父母的为人，然而也如隔着一幢墙，岂非更糟。"

这话也只有我才听得懂，我知道他家庭生活不愉快。

我对父亲其实有些依稀的回忆，从前也紧紧地抓着，后来觉得弃不足惜，渐渐淡忘。

记住来干什么呢？

他刻意要把我丢弃，就当没有这件事好了。

"或许，将来，你与他们会有了解。"

约翰笑了："来，说些有趣的事。"

要入学了。

考虑很久，他进入工程系，比较有把握，时间缩为四年，同时毕业后容易找事做。

他说他已是超龄学生，要急起直追。

一分钟也不浪费，约翰是那种人，他热爱生命，做什么都劲头十足，与我的冷冰冰懒洋洋成为对比。

每天他都来看我，我总是被他捉到在偷懒。

不是在沙发上盹着，就是边吃零食边看球赛，要不泡在浴缸中浸泡泡浴。

约翰说我从不刻薄自己。

"当然，"我说，"这也许是我一生中最好的日子，你永不知道厄运几时来临，不要希企明天，趁今天，享受了再说。"

"什么样灰色的论调！"

"世界根本是灰色的。"

"你的房间却是粉红色。"

我哈哈大笑起来，心底却隐隐抽动，似在挣扎。

"功课如何？"

"你有听过读英国文学不及格的学生没有？"

"承钰你说话永远不肯好好给人一个确实的答案。"

"傅于琛有无与我们联络？"

"我每夜与他通一次电话。"

"你们……有无说起我？"

"有，每次都说起你，他关心你。"

"他有没有说要结婚？"

"没有。他不会同我说那样的事。"

傅于琛却并没有与我通信。

"明天下午三时我到史蒇夫图书馆等你。"

我点点头。

约翰走后，我回到房内，开了录音机，听傅于琛的声音。

都是平日闲谈时录下来的——

"……这是什么？"

"录音机。"

"干什么？"

"录你的声音。"

"承钰你举止越来越稀奇。"

"随便说几句话。"

"对着麦克风声音会发呆。"

"傅于琛先生，让我来访问你：请问地产市道在七三年是否会得向上。"

"七三七四年尚称平稳，但肯定在七五七六年会得直线上升。"（笑）

"那么傅先生，你会如何投资？"

"廉价购入工业用地皮，可能有一番作为。"

"谢谢你接受本报访问，傅先生。"

"奇怪，承钰，昨日有一张财经报纸也问了我同样的问题。"

"是吗……"

躺在床上，听他的声音，真是一种享受。

我没有开灯，一直不怕黑，取一支烟抽，倒杯威士忌。

留学最大的好处不是追求学问，对我来说，大可趁这段时间名正言顺养成所有坏习惯。

静静听傅于琛的声音，直至深夜。

有一段是这样的：

"喜欢路加还是约翰多些？"

"当然是约翰。"

"我也看得出来。"

"但不是你想象中的喜欢，总有一种隔膜。"

"我一直鼓励你多些约会。"

"待我真出去了，又问长问短，查根问底。"

"我没有这样差劲吧，不要猜疑。"

"你敢说没叫司机盯梢我？"

"太无稽了。"

"男孩子都不来找我。"

"你要给他们适当的指引。"

"我们还是不要讨论这个问题了。"

"这是女性最切身的问题，岂可疏忽。"

"你的口气真似位父亲。"

他长长叹口气。

朦胧间，在傅于琛叹息声中入睡。

闹钟响的时候永远起不来，非得约翰补一个电话催。

走路时从不抬头，很少注意到四周发生什么。

但在史蔑夫图书馆，我却注意到往日不会注意的细节。

我惯性选近窗近热水房的位子。

不巧已有人坐在那里，我移到他对面，才放下手袋取出口香糖，便看到对座同学面前放着一本书。

书皮上的字魅魔似钻入我的眼帘。

《红色丝绒秋千架上的少女》。

我不问自取伸手去拿那本书。

书主人抬起头来，淡淡地说："这是本传记。"

我红了眼，一定，一定要读这本书，原来红丝绒秋千自有它的典故。

"借给我！"

"我还没看呢。"

"我替你买下它。"

连忙打开手袋把钞票塞在他手中，站起来打算走。

"慢着，我认得你，你姓周，你叫周承钰。"

喊得出我的名字，不由我不停睛看他，是个年轻华人男子，面孔很熟，但认不出是谁。

我赔笑，把书放入手袋。"既是熟人，买卖成交。"

"书才三元七毛五，送给你好了。"他笑。

"不，我买比较公道。"

"周承钰，你忘记我了。"

"阁下是谁？"

"图书馆内不便交谈，来，我们到合作社去。"

我跟了他出去。

一人一杯咖啡在手，他再度问我："你忘了我？"

"我们真的见过面吗？"

许多同学用这种方法搭讪。

"好多次。"

真的想不起来。

"让我提示你，我姓童。"

松口气："我从来不认识姓童的人，这个怪姓不易遗忘。"

"童马可，记得了吧？"

我有心与他玩笑："更一点印象也无，不过你好面熟。"

他叹口气："也难怪，你一直不知道我姓甚名谁。"

"揭晓谜底吧。"

他才说一个字："惠——"

"慢着！"

记起来了，唉呀呀，可恶可恶可恶。我马上睁大眼睛瞪着他："你，是你！"

他用手擦擦鼻子，腼腆地笑。

"是你呀。"

他便是惠保罗那忠心的朋友，在我不愉快的童年百上加斤的那个家伙。

"原来你叫童马可，童某，我真应该用咖啡淋你的头。"我站起来。

他举起双手，状若议和。

"大家都长大了——"

"没有，我没有长大。"

"周承钰，你一直是个小大人，小时候不生气，怎么现在倒生起气来。"

"人会越活越回去，我就是那种人。"

"周承钰——"

我脸上立即出现一层寒霜，逼使他噤声。

"承钰，你怎么在这里？"约翰追了出来，"我们约好在图书馆内等。"

他马上看到童马可，沉下面孔。

"这人给你麻烦？"

我冷冷说："现在还没有。"

约翰转过头去瞪着马可。

马可举起手后退，一溜烟跑掉。

约翰悻悻同我说："为什么老招惹这些人？"

我怪叫起来："招惹，你哪一只眼睛看见我同他们打交道？说话要公道点，我听够了教训。"

掩起耳拔脚就逃。

课也不上了，到家锁好门便自手袋取出那本软皮书。

《红色丝绒秋千架上的少女》。

多么诡秘。

几年之前，母亲来向傅于琛借钱，她曾冷冷地问他："你几时准备一个红色丝绒秋千架子？"

我打开书的第一页。

电话铃响，门铃闹，天色渐渐转暗，全部不理，我全神贯注地看那本小说，脸色由红转白，再由白转红，继而发青。

才看了大半，已经躺在床上整个背脊流满冷汗。

母亲竟说这样的话来伤害我，轻率浮佻地，不经意，但又似顺理成章，她侮辱我。

她竟把那样的典故套在我身上。

从前虽然不原谅她，但也一直没有恨她，再少不更事，也明白到人的命运很难由自身抓在手中操纵，有许多不得已的事会发生，但现在——

现在真的觉得她如蛇蝎。

一整夜缩在房角落，仿佛她会自什么地方扑出来继续伤害我。

活着一日，都不想再看到她。

永不，我发誓。

那本书花了我好几个钟头，看完后，已是深夜。

倒了一小杯威士忌加冰，喝一半，打电话找傅于琛。

千言万语，找谁来说，也不过是他。

电话响了很久，照说这边的深夜应是他们的清晨，不会没人接。

终于听筒被取起，我刚想开口，听到一把睡得朦胧的女声问："喂？"

我发呆。

会不会是马佩霞，以她的教养性格，不至于在傅宅以这种声音应电话。

"喂。"她追问，"哪一位？"

圆舞　　131

我轻轻放下电话。

然后静静一个人喝完了威士忌。

没有人告诉过我，马里兰盛产各式花卉，尤其是紫色的鸢尾兰与黄色的洋水仙。

大清早有人站在我门口等，手中持的就是这两种花。

他是童马可。

还不等他开口，我就说："没有用，永不会饶恕你。"

童君少年时代的倔劲又出现："我只是来道歉的……"

我关上门。道歉，人们为所欲为，以为一声对不起可抵消一切。

那日没有去上课，成日为自己悲哀。天下虽大，没有人的怀抱属于我，我亦不属于任何人。

这样的年轻，便品尝到如此绝对的空虚。

谁要是跑上来对我说少年不识愁滋味，真会把他的脑袋凿穿，而约翰正是那样的人，所以无论如何不想见他。

对他说不舒服，看了医生，想休息。"不不不，千万不要来，不想见人，来了也不开门给你。"

说完披上外衣出门去。

去找童君。

经过调查，找到他课室外，把他叫出来。

见是我，他非常意外。

到底长大了，而且心有愧意，他的语气相当平和，小心翼翼地说："我在上一节要紧的课。"

"还有多久？我在此等你。"

"那倒还没有要紧到如此地步。"

"我们可以谈谈吗？"

"当然，今早我前来拜访，目的也正如此。"

"今早我心情不好。"

"看得出来。"

"让我们找个地方说话。"

"这是不是表示你已原谅我？"

"不，我仍是妖女，令惠某神魂颠倒到万劫不复而不顾。"

"他已结婚，你知道吗？"

"谁？"

"惠保罗。"

"真的，这么快？"

"何止如此，他已做了父亲。"

再忧郁也禁不住露出诧异之情。

"你看，他没有等周承钰一辈子，"童马可幽默地说，"我白白为他两肋插刀，瞎起劲得罪人。"

我笑出来。

"当年看到好友茶饭不思的模样，好不心疼。"童马可说。

"这样说来，你倒是个热心人。"我说。

"少不更事，好打不平，"他说，"后来一直想与你接触，但找不到你，学校与住所都换了。"

我们走到校园坐下。

"你有什么话同我说？"他慎重地问。

"记得你借我的书？"

"你特地出来，交换书本？"他讶异。

"不，想与你谈这本书。"

他更奇："谈一本三块七毛五的小书？"

"是。"

"我还没有看它呢。"

"我可以把故事告诉你。"

"周承钰，你真是一个奇怪的女孩子。"

"看，你如果没兴趣，那就算了。"

"好好好，少安毋躁。"

"这本书有关一个年轻的女孩子。"我开始。

满以为他会打断我，满以为他会说：但所有的书中都有一名年轻的女主角。

不过他没有。

童马可全神贯注地聆听，他知道我有话要说，对我来讲，这番话相当重要，他是个聪敏的年轻人。

"这名女孩是演员，十四岁那年，她认识了一个富翁，他已是中年人。"

马可做了一个手势，表示：啊，原来是五月与十二月的故事，没有什么稀奇。

我说下去："他们住在一起多年。十九岁那年，她曾经想摆脱他，跑出来，嫁人，但事隔不久，她又回去再跟他在一起，直到她二十多岁，有一日，她拔枪将他击毙。"

听到这个结局，马可吓了一跳："多么畸形恐怖的故事。"

我不出声。

"但为什么书名叫做《红色丝绒秋千架上的少女》？"

"他给她一座豪华的住宅，在大厅中央，他做了一只红色丝绒的秋千架子，每天晚上，他令她裸体在上面打秋千，给他欣赏。"

童马可打个寒噤："老天，可怕之至，你永远不知道代价是什么。"

我呆着一张脸。

他温和地说："把书扔掉，忘记它，我们到城里看迪斯尼的幻想曲重演。"

"我不想去，请送我回家。"

"你花那么多时间出来找我，只为与我谈论书本情节？"

"改天吧。"

"周承钰，当你说改天，可能永远没有改天。"

"那么就随我去好了。"

"你跟小时候一模一样。"

我恍惚地微笑："你又何尝不是。"

我只想找个人倾诉这个故事，好把心中积郁散散。

"好，我送你回去。"

在途上，他问了很多普通的问题，像"什么时候到马里兰的"，"念哪一科"，"要是选加州就碰不上了"，"生活好吗"等等。

真的，要是到别的地方升学就碰不上了，但我怀疑舞池里来来去去就是这群人，都被指定在那个小小范围内活动，所以不必担心，总会遇上，总有事会发生。

车子到家门。

童马可问："那是你的男朋友吗？成日盯着你。"

曾约翰恼怒地站在门口，目光燃烧。

"不，他不是我的男友。"我说的是真话。

"你在这里下车吧，我不想挨揍。"

我啼笑皆非。

想一想，觉得这不失为聪明的做法。

约翰没有再教训我。

他脸上有股悲哀的神气，恼怒之外，精神委靡。

轮到我教训他："约翰，你来这里唯一的目标是读书，心中不应有旁骛，要乖乖地看着文凭前进，家里人等着你学成回去做生力军。"

他一听，知道是事实，立刻气馁。

约翰有什么资格为女孩子争风喝醋闹意气，再晚十年恐怕都没有资格结婚，他父亲挺到他回去马上要退休，生活担子即时落在他肩上，弟妹都小，要熬到他们出身，谈何容易。

虽然没有去过他家，也能想象到情况，人都不是坏人，但长期被困境折磨得心慌意乱，老人只图抓钱，孩子只想高飞，像约翰，巴不得速速进化，离开那个地方。

过一会儿他说："承钰，你说得太对了。"

我倒有丝欣喜："谢谢你。"

他低着头："我同你，永远无法走在一起。"

"我们可以做老朋友，大家五十岁的时候，把酒谈心。"

他看我一眼："但你会与别人结婚。"

"结婚？约翰，我永远不会结婚。"

"这个预言说得太早了。"

"才不，我心里有数。"

"我才永远不会结婚，家母对家父失望，非要在我身上找补偿，谁跟我在一起，都会成为她的敌人。"

"她所需要的，不过是一点安全感。"

约翰不再谈论他的家庭。

"我又能比你好多少，约翰，你是知道的，姓周的女孩住在傅家……"

"怎么会这么怪，"约翰问，"从没见过你父母。"

"所以，"我耸耸肩，"我不是不想吃苦，但总得储存一点精力，留待将来用，否则自十多岁开始，挨一辈子，太没有味道。"

"我去做咖啡。"

过一会儿他自厨房探出头来，表情怪异："承钰，你在垃圾桶里烧过什么？一大阵味道。"

"烧了一本书。"

"为什么烧？很危险。"

"憎恨它。"

约翰不再言语。

　　我们各有烦恼，各有心事，何用多问。

　　一整个学期，都没有与傅于琛联络上。

　　他仿佛忘记了我。

　　仿佛。

　　傅于琛做得那么成功，连我都疑惑他也许是真的忘了我。

　　即使收到电报，他的措辞也轻描淡写，而且还不是直接寄给我的，一贯先经过曾约翰。

　　谁能怪我叫约翰"经理人"。

　　一日，经理人不等到下课，便来接我放学。

　　同学照例起哄："他来接她了，他来接她了，宝贝，我来带你回家，哈哈哈。"夹杂着口哨声。

　　二十岁出头的洋小子依然十分幼稚，不过肯花时间来嘲弄同学，也是一种友善的表示。

　　我佯装听不见。

　　应付任何事的最佳办法，便是装作听不见。对不起，我时运高，不听鬼叫。

　　"什么事，约翰？"

　　"傅先生下午来接你。"

　　"下午，今天？"

　　"飞机就到。"

　　"接我回家，"我惊喜，"不用读书了？"

　　约翰啼笑皆非。

"你看你，一听到有机会躲懒，乐得飞飞的，心花怒放。不是，甬想了，是接你往意大利。"

我更不知葫芦里卖的是什么药。

"去欧洲又何用他带领。"

"是一位卡斯蒂尼尼先生要见你。"

"是他，那个银色头发的可爱小老头，说得简单点，是我的第二任继父。他要见我，干什么？"

"我想傅先生会告诉你。"约翰说。

"他几点钟到？"

约翰看看手表："这上下怕差不多了，来，同你去飞机场。"

十分意外，难以置信，傅于琛终于肯来见我，还是为着第二个男人。

仔细一想就释然，当然是为着别的男人，永远是为着第二个男人，不然他何必出现。

他一个人来，马小姐没有随身跟着。

尽量客观地看他，觉得他与我首次见到的傅于琛一点也没有不同。种种恩怨一幅一幅，在我脑海中闪过，不由得开口叫他："付于心。"

他抬起头来，眼光错综复杂，不知如何回答我。

到底是个成年人，一下子恢复硬朗。

当我不懂念傅于琛的时候，还叫过他付于心。

现在他栽培下，已是个大学生。

约翰真是个好门生，伸手接过他手中的行李。

傅于琛说："约翰的功课名列前茅，承钰，你就不长进。"

"我，"我指着自己鼻子，"我也已经是个优异生，约翰不同，他非要死读自虐不可，因为机会来得不易。"

傅于琛不语，只是笑。

但约翰却偏偏巴巴地提醒我："你的机会也难得，承钰。"

我一想，果然是，不由得说："我恨你，关你什么事。"

傅于琛摇头："更放肆了，约翰，你自作自受，宠坏她。"

"要他宠，他老几？是我自己宠坏自己。"

约翰不再出声，知道讲错话，并且也已被伤害。

"以后我同谁讲话，都不用你来加张嘴。"

"好了，承钰，好了。"

看着傅于琛的面子，才收了声。

一直僵持到家。

问傅于琛："住我这里？我去准备。"

他点点头，我刚有点高兴，他又说："佩霞跟着就到，她会安排。"

马佩霞，我低下头，不是她也是别人。

"怎么，没人问我这次干什么来？"

我已没有兴趣听。

"那么我先上去休息一下，约翰，麻烦你七点半再跑一趟，去接马小姐。"

傅于琛进卧室去，我收回目光，无意中瞥到约翰，他脸上充满嘲弄之意。

我质问他："你有什么资格这样看我？"

他沉不住气："你死了这条心吧。"

这句话使我忍无可忍，那几个字如剜进我心里去，伸手给他一记耳光。

"你才死了这条心！"

他没料到我会出手打他，面孔斜偏到一旁，就此转不过来。

"讨厌。"我转身离开屋子。

在街上用电话把童马可叫出来。

他见了我笑："又看完哪一本书，找我讨论？"

我用手掠头发，不语。

马可吃一惊："你的手，什么事？"

我低头一看，呆住，右手当中三只手指并排肿起淤青，方才打约翰时用力过度受伤，可见是真生气。

"哦，在门上夹的。"

"很痛吧。"

"不痛。"

"十指连心，怎么不痛？"

"我没有心。"

马可一怔，继而摇头，像是说"小姐脾气，无常天气"。

"马可，你家境如何？"

"过得去。"

"你几时毕业？"

"明年。"

"马可，你可愿意娶我？"

他打量我，但笑不语，吃手中的冰淇淋。

"快决定，迟了就来不及，先到先得，只给你考虑三分钟。"

他再看我一眼，还是笑。

看，有时候，要将自己送出去，也不是容易的事。

他终于慢吞吞地吃完冰淇淋。

"你想气谁？"

"不是为谁，为我，我需要一个家，需要一点盼望，一些寄托，有人爱护我照顾我，不能够吗？不应该吗？"

"结婚也不能保证可以得到这些呀。"

我颓然："总得试一试，不然怎么知道。"

马可搂着我的肩，在我脸颊上响亮地吻一下。

"你真可爱，承钰，我爱你。"

"对不起，我实在是憋疯了，原意并不如此。"

"什么，要收回？不可以，我会永远记得，某年某月某日，有位漂亮的少女，向我求婚。"

"三分钟已过，不再生效。"

"让我们去看幻想曲，来。"

我跟随他而去。

躲在黑暗的戏院中，空气有点混浊，马可握住我的手，我像个正常的少女约会男朋友。

童马可异常欣赏该套动画片，一时随着音乐摇头摆脑，一时笑得前仰后合。

散场后还津津乐道。

我却连一格底片都没有吸收。

这套电影每隔一段时间便重映，到三十岁的时候，我才有机会好好地看。这已是许久许久以后的事了。

散场出来，我们去吃披萨饼，我变得很沉默，右手手指已难以活动，隐隐作痛。最惨是无名指上还戴着两只当时流行的银戒指，勒住血脉，摘又摘不下来，十分吃苦。

可见打人，手也会吃亏，当下十分无味。

约翰只不过说了实话，我怎么可以动手殴打他，不禁为自己的粗暴叹息。

"你总是心事重重，"马可说，"自十四五岁开始就是这个样子。可是使人念念不忘的，也是这副神情。我好奇，承钰，能否把其中因由告诉我？"

我恍惚地笑："婚后自然告诉你。"

回到家，只见一式的路易威登行李排在走廊间，马佩霞小姐已经大驾光临。

她迎出来："承钰，我们找你呢，到什么地方去了？"

我指指马可："赴约。"

马可有礼地招呼她。

马小姐一身打扮像嘉莉斯姬莉，开司米羊毛衫，窄脚管裤子，一

条大大的喧默斯丝巾搭在肩膀上。一两年不见，她气色更好，神态更雍容。

在傅于琛悉心栽培下，什么都能开花。

当下她在灯光下细细看我，赞叹："这些日子来，承钰，你出落得益发好了，活脱是个小美人。"一边向马可眨眨眼。

马可知道我们有一箩筐的话要说，识趣地告辞。

"那是你的男友？"马小姐笑问，"怪不得约翰垂头丧气。"

"傅于琛呢？"我问。

"还没醒，他一直不能在飞机上睡。"

"待会儿醒了，半夜谁服侍他。"我坐下来。

马小姐苦笑："还有谁？"

"你们路远迢迢地赶来，到底是为什么？"

"他没说？"

"还没有。"

"卡斯蒂尼尼先生想见你，他重病垂危。"

啊！

我失声呼叫。

"他亲自打电话给傅先生，他答应了他。"

"我母亲是否仍与卡斯蒂尼尼在一起？"

"是，她在他身旁。"

"可怜的老头，临终还要对牢一只大喇叭。"

马佩霞本来想笑，又忍住。

144

隔一会儿我问："你不觉得奇怪，为什么基度卡斯蒂尼尼要见我？"

"我也这么问他。"房门口传来傅于琛的声音，他起来了，披着睡袍。

"他怎么回答？"

"他说，承钰的面孔，像他们的画家鲍蒂昔里笔下的天使，他愿意在死前再看见你。"

我叹道："奇怪的小老头。"

傅于琛凝视我："奇怪？并不，我觉得他眼光奇准。"

马佩霞轻轻说："承钰有一张不易忘怀的面孔。"

我不爱听这些，别转头。"我们几时出发往米兰？"

"明天就去，约翰会替你告假。"

"其实不必你们双双抽空来一趟。"

马佩霞笑："承钰像是不想见到我们似的，但是我们却想见你，尤其是他，"她眼睛瞄一瞄傅于琛，"每次吃到桃子便说：承钰最喜这个。看到我穿件白衣裳，又说：承钰最喜欢素色。但实在忙，走不开……"

我看住傅于琛，他也看着我。

渐渐听不到马佩霞说些什么。走不开，可是一有借口，飞蛾扑火似地来了。

我们融在对方的目光中。

那是一个非常长的夜晚，他们俩没睡好，不停地起床踱步走来走去。

我把储藏着的邮票盒子取出，将邮票一张一张铺床上细看，这是最佳催眠法，一下子就会累。

然后在邮票堆中睡熟。

第二天一早，马佩霞进来叫醒我，自我长发中将邮票一枚一枚取下。

"要出发了？"

她点点头。没有睡稳，一有了年纪，看得出来，眼圈黑黑的，又得比傅于琛更早起服侍他。

一直到抵达米兰的第二天，她睡足以后，才恢复笑脸。卡斯蒂尼尼令管家来接我们，他有病在身，不能亲自出来。

傅于琛看着我说："他知道你与令堂不和，没令她来，多么体贴。"

我说："可惜最后还是不得不看到她。"

不知她有没有继续胖下去。

不知我到了四十多岁，会不会也胖得似一只蘑菇。

卡斯蒂尼尼的大屋比照片中的还要漂亮，米兰脏而多雾，但他的庭院如凡尔赛宫。

我转头回傅于琛一句："也许三年前应该到这里来住，到今日，意文已朗朗上口。"

他与马佩霞都没有回答。

我有点感激卡斯蒂尼尼，他提供一个机会给我，使我不致给傅于琛看死一辈子。

虽然他与我亦无血缘关系，虽然我亦不过是从一个男人的家走到另一个男人的家，但到底是个选择。

有了选择，别人便不敢欺侮你。

管家叫我们随他走。

经过大理石的走廊，我们到了玫瑰园，从长窗进入图书室，看到老人斜卧一张榻上。

他似盹着，又似魂游，我心一热，趋向前去。

他并没有睁开眼睛，我在他身边蹲下。

他瘦多了，整个人似一只风干水果，皱皮包着一颗核，肉都不知道跑到什么地方去了。

我转头看傅于琛，他们没有进来，只向我递一个眼色，然后跟管家离开。

图书室中一点死亡的气息都没有，花香袭人，浓浓的甜味无处不在，有一只蜜蜂无意中闯入室来，阳光丝丝自木百叶窗缝透入，但基度躺在贵妃榻上，失去生命力。

我在老基度耳畔轻轻叫他："基度，基度。"

他自喉头发出唔的一声。

他们替他穿上白色的衬衣，还在他脖子上缚一方丝巾。

"你叫我来，我来了，你要喝一口水？"

"你来了。"他终于微微睁大眼，"安琪儿你来了。"

他示意我握他的手。

我照他意思做，那只不过是一些小小的骨头，每个关节都可以摸得出来。

"你没有忘记老基度？"

"没有。"

"谢谢你来。"

"你如何，你好吗？"我轻轻问他。

"我快要死了。"

我不知说什么好，因贴得近，长发垂下，扫到他衣裳。

他伸出手来抚摸我的头发："我很年轻很年轻的时候，我认识一个女孩子，她也有一头这样长的鬈发，只不过是金色的。"

"金发美丽得多。"

"黑发也美。"基度的嘴角似透出一丝笑意。

"她怎么了？"

"她跟别人结了婚。"他苦笑。

"啊。"

"我是一个裁缝店学徒，她父亲拥有葡萄园，不能匹配。"

"你们是否在一道桥畔相遇，如但丁与比亚翠斯？"

基度吻我的手。"可爱的安琪儿，不不不，不是这样，但多么希望可以这样。"

"我希望你会恢复健康，基度。"

"你有没有想念我？"

"有。"

"你母亲？"

"没有。"

他又笑："看到你真开心。"

"我还没有谢你，多亏你，我不用离开傅于琛。"

"傅于琛有没有来？"基度说。

"有。但他送我到美国留学，这两年一直没看到他。"我说。

基度凝视我，隔一会儿，他问："你仍然爱他？"

我点点头："很爱很爱。"

"比从前还多？"

"是，多很多。"

"他可知道？"

"我相信知道。"

基度点点头："你知道我为何叫你来见我？"

"我不知道，或者因为我们是朋友。"

"那是一个理由，另有一件重要的事。"

也许是说话太多，他颊上升起两朵红云。

他说："那边有一杯葡萄酒，请给我喝一口。"

我取过水晶杯子，给他喝酒。

纱帘轻轻抖动，风吹上来柔软动人，之后我再也没有遇上更动人以及更凄凉的下午。

基度顺过气来："安琪儿，我将使你成为一个很富有的女孩子。"

"我不明白。"

"我会把半数财产给你。"

"我不需要你的钱，我们是朋友。"

"真是小孩子，"他又笑，"你使我无上快乐，这是你应得的报酬。"

"但我们只见过两次。"

"那不重要，那一点也不重要，"

"我要那么多钱干什么？"

"换取自由，你可以追求一切，包括你爱的人。"基度双眼中像闪出光辉。

我猛然抬起头。"是，"我说，"是是是是是。基度，多谢你。"

他宽慰地闭上眼睛，说了那么多，有点力竭。

"我母亲呢？"

"我叫她暂时到别处去住一两日。"

"你会不会给她什么？"

"放心，她下半生会过得很好。"

"基度，为什么对我们那么好？"我说。

他没有回答，他喃喃地说："那日，她站在橙树下，小白花落在她金色的长发上，她十四岁，穿白色的薄衣……"

基度开始用意文，我虽然听不懂，也知道那是一连串赞美之词，用最热情的口吻倾诉出来。

他忽然握紧我的手："我没有得到她，但安琪儿，你一定要追求你爱的人。"

"我会的我会的。"

他的手松开。

"基度。"

他没有应我。

"基度。"

他的双眼仍然睁着。

我站起来，把他双手交叉放在胸前，跑出园子，叫人。

女仆带着护士匆匆奔至，一大堆人涌进图书室去。

我站在花园喷水池旁，金色的阳光使我晕眩，这是我首次面对死亡，心中异常震惊。

有一只手搁我肩膀上，我转头，是傅于琛。

我连忙不顾一切地抓住他的手，原来人是会死的，原来相聚的缘分不可强求。

我凝视傅于琛，像是想从他的瞳孔钻进去，永生永世躲在他的眼睛里，再也不出来。

傅于琛没有拒绝。

那夜我们在卡斯蒂尼尼的宅子里晚宴，人虽然去了，招呼客人的热情仍在，这是他的意思。

没有谁吃得下东西，在这个时候，母亲赶了回来，接着是卡斯蒂尼尼的子女们。杨倩志女士没有空来应付同胞，只听到她用激烈的语气与夫家的人交涉。

最后她以英语说："为什么这么多东方人？问我，还不如去问马可·波罗。"

我们十分佩服她的机智。

母亲块头又大了许多，吃美味的面食会令人变成这个样子，戴着许多笨重的首饰，好显得人纤细一点，裙子只好穿一个式样了，帐篷一般。

马佩霞并不比她小很多，但是人家保养得多好，修饰得多好。

我并没有与母亲说话，不等宣读遗嘱，我们一行三人便离开米兰。

圆舞　　151

马佩霞自那次旅程开始，对意大利发生兴趣，她说："衣服式样真美，许多在我们那里都买不到。"

傅于琛说："要做的话，我支持你，迟一步就成为跟风，什么都要快。"

我不说什么。

马佩霞温和地取笑我："现在承钰是小富女了。"

傅于琛维持缄默。

"你打算怎么样？"

我毫不犹疑地说："收拾一下，跟你们回家。"

"你还没有毕业呢。"马佩霞惊异地说。

我反问："你呢，你又大学毕业没有？"穿得好吃得好的女人，有几个手持大学文凭。

她语塞："但是你还年轻——"

"我一生一世未曾年轻过，我从来没有做过小孩子。"

"回家干什么？"马佩霞又问。

"我自由了。不用再被送到那里去，或是这里去，不用与指定的人在一起生活。"

"真是个孩子，说这些赌气话。"

"还有，我可以忘记那该死的红色丝绒秋千架子！"

"承钰，我不知你在说什么哩。"

傅于琛一直不出声，这些话其实都是说给他听的，相信信息已安全抵达。

"你已经满十八岁，承钰。"

“随她去，”傅于琛忽然开口，“任由她自暴自弃。”

他没有等我，要与马佩霞两人飞回去。

没料到马小姐说：“你先走，我还想在这边逛一逛，许久没有这样轻松。”

这下子轮到我假装没听见。

傅于琛动了气，也下不了台，第二天就独自动身回去。

马佩霞不动声色。我很佩服她，将来我也会做得到，我要学她的沉着。

约翰前来告别。

“我知道你要走。”

我拍拍他的手背：“你会成功的，曾约翰这三个字会街知巷闻，你会得到你认为重要的一切。”

约翰啼笑皆非地看着我：“你怎么知道我要的是什么。”

“算了，约翰，我们彼此太了解，我知你所需，你也知我的人生目标，何用多说。”

他低下头。

“你还有两年毕业，再隔两年拿个管理科硕士，咱们在家见面。”

“周承钰，我永远不会忘记你。”

“彼此彼此。”

“我们会不会有一天在一起？”

“谁知道。”我忙着收拾。

“你不关心吧。”

"不，我不在乎，再见，约翰。"真不想给他任何虚假的盼望。

他伤透心，反而平静下来。

"有一个人，天天在门口等你，你离开那么久，他等足那么多天。"

童马可。

几乎把他忘怀。

"等等就累了，也就转头等别人去了，放心，他不会待在门口一辈子。"

约翰摇头："你不关心任何人是不是？"

"说对了，有奖，我确是那样的人。"

我把带来的收藏品小心翼翼地放入随身箱子中。

"你只关心傅先生是不是？"

"约翰，记住将来我们还要见面，你会到傅氏大厦办公。"

他叹息，替我把箱子拿出去。

马佩霞坐在会客室抽烟。

马佩霞在听一张旧唱片，七十八转，厚叠叠，笨重的黑色电木唱片，一边唱一边沙沙作响，女歌手的声音也低沉，她唱：红着脸，跳着心，你的灵魂早已经，在飘过来，又飘过去，在飘飘呀飘个不停。

我说："那属于我母亲。"

其实在那时，同学们已开始听大卫宝儿，只有我这里，像个杂货摊、古董店，什么都有。

"怎么会保存到今天。"

我说："用来吸引中年男人。"

马佩霞笑了。

她一点也不生气，也一点反应也没有。

我发誓要学她，她是我的偶像。

当下我问："你为什么留下来？"

"帮你收拾这个摊子。"

"不怕傅于琛生气？"

"你还不知他的意思？我也不过是看他心意，替他办事而已。"她微微笑。

"他想你留下来陪我？"我十分意外。

马佩霞没回答，按熄了烟。

为什么她看见的事我没看见？

别告诉我她与傅于琛更熟，或是二十年后，我也可以看得这么透彻。

"我不需要人帮。"

"我知道，他不知道。"马佩霞说。

"他应该知道。"

马佩霞，你别自以为是傅于琛专家好不好。

马佩霞不再回答。

"我们走吧。"

约翰进来说："车子在门口等。"

马小姐说："谢谢你，约翰。"

约翰又说："对了，那个人也在门口等。"

马小姐笑："才一个？我以为承钰一声要走，门口起码站着一队兵，齐奏哀歌。"

约翰一点表情也没有。

打开门，看见马可站在那儿，他一个箭步上来："承钰。"随即看到马小姐及我们的行李。

"你要到什么地方去？"

"回家。"

"几时再来？"

我有点不耐烦："不知道，也许永不回来。"

马可很震惊："我以为……我们不是要结婚吗？"

我笑吟吟："三分钟，你有过你的机会，没抓紧。"

"承钰，太笑话了，当时你不是认真的。"

"我发誓我认真，要怪只好怪你自己。"

我上车，他的手搭着车框："承钰，我会来找你。"

"是吗，你往哪儿找？"

约翰也跟着上车，吩咐司机开车，只剩下童马可一个人站在路边。

我没有回头去看他。

隔一会儿，马佩霞说："他会追上来的。"

我笑说："我同你赌一块钱。"

"好，一言为定。"

马佩霞又问："他曾向你求婚？"

"真不幸，是我向他求婚。"

"什么？"

"他没有答允，只好不作数。"

马佩霞笑起来："有这种事！"

约翰在飞机场与我们道别，我紧紧握他的手，叫他用功读书。

约翰说："我仍然是感激的，没有你，我得不到上学的机会，承钰，你间接成全了我。"

他的双目润湿，约翰自有苦衷。我搂着他肩膀："回来我们再吃饭庆祝。"

马佩霞向我递一个眼色，我只得放开约翰。

感觉上好过得多，这一次与马小姐一起，乃是给她面子，不是给她押着走。

在飞机上被困舱中，我们谈了很多。

我有一种感觉，如果一男一女在长途飞机中相遇，一起吃一起睡，小小空间，无限沉闷，待下飞机的时候，已经可以结婚。

婚姻根本就是这么一回事。

马小姐说放弃功课是最可惜的。"但，如果时间必须用来做更重要的事，又另作别论。"

她是一位很开通很明白的女士。

"其实，你与傅于琛并不熟稔。"马佩霞说。

"怎么会，我七岁就认识他。"我说。

"你眼里的傅于琛，不过是你想象中的傅于琛。承钰，有很多时候，想象中的事与人比真实情况要美丽得多。"

"傅于琛有什么不好？"

"不忙护着他，这次回去，你们自然会有更深切的了解。"马小姐说，

"这两年，他仍住在你们以前的房子里。"

"你们俩没有同居？"

马小姐面孔忽然飞红："啐，谁与他同居。"

我纳罕，仔细打量她的眉眼，可真是一点作伪也没有的呢。

"他只得你一个女朋友是不是？"

"怎么来问我，我怎么知道，应当问他去。"

"别担心，我会。"

马佩霞沉默一会儿，忽然说："我也想知道。"

"看样子，你对他的认识也不够。"

马佩霞说："谁认识他？没有人。"

我认识。只是马佩霞不相信我，没有人相信我。

我俩在飞机上睡了又醒，醒了又睡，吃完一餐又一餐，不知过了多久，飞机才降落陆地。

双脚一碰到地上，我就知道，不再可能与马佩霞有那样由衷的对白。

她把我送回家中，然后自己回公寓。

女佣都换了，两年没回来，一屋陌生的面孔。

第一件事是回睡房去，推开房门，只见陈设同以前一模一样。对别人来说，两年也许不是一个太长的日子，但对我来说，却天长地久，真不知是怎么熬过来的！

坐在床沿发呆。

马佩霞打电话过来："他要我同你说，不回来吃饭，要不要我过来陪你？"

"不用，我都吃不下。"

"明天见。"

放满一大缸水，取起放浴液的水晶瓶子，打开嗅一嗅，仍然芬芳扑鼻。

我离开过傅于琛，抑或根本没有？

当中那段日子已经消失，两头时间被黏在一起，像电影底片，经过剪接，没有男主角出场的部分放弃。

我浸在一大缸水中，连头发面孔都在水底，一点声音都听不见。

我们母女俩并没有即时取到意大利人的遗产，他的成年子女因不服气向当地法庭提出诉讼，直闹了一年。

傅于琛站在我这边，他为之再三惊叹，同马佩霞说："我们傅家也有一笔基金，指明要第一个孙儿出生，才可动用，但我情愿这笔款子死去，也不要后代。一个人连遗嘱都不被尊敬，还成什么世界。"

他也为争遗产经过非常冗长的官司，他父亲临终想起他，决定把他的一切赠给儿子，他的姐姐们偏偏认为老父去世之前有好一段日子已神志不清，努力在法庭上证明生父是一个疯子，而同父异母的兄弟是伪充者。

所有这些，只是为着钱。

自然，他赢了官司，他的律师群也足以下半生无忧无虑地生活。

同样的情形又发生了。

马小姐说："他们是应当生气的⋯⋯什么也得不到，一定是东方女人懂得巫术的缘故。"

圆舞　　159

傅于琛说："谁叫他们不懂！"

马佩霞说："人的思路不是这样想的，没有人会承认己过。"

"但是老头临终前只想见承钰一个人，他不想见那些子女。他在长途电话中求我，我原本拒绝。但他一直求，声泪俱下。卡斯蒂尼尼家族在老头生前为什么不下点工夫？至少找张灵符来贴上，免得老头遭鬼迷，岂不省下日后的官司。"

母亲与我终于得到那笔遗产。

我没有见到她，据说她很满意。

她对傅于琛说："承钰那一半，我不介意，他原打算捐给慈善机关，他同我说，他痛恨他的家人，他们把他当白痴，从来不相信他会下狠心。"

就是在那一年，马小姐开设时装店。开头她并没有把最有名的几个牌子介绍到本市来，本钱太贵，格调太高，利润没有保障。

马小姐选的货全属中下，质地非常的差，缝工奇劣，但颜色与款式都是最新的，一试身，女孩子很难舍得不买，因为看上去实在太精神太漂亮。

她赚了很多。

直到发了财，才渐渐接名牌立万，但她一直怀念海盗时期，一百块本钱的裙子标价一千二。

那一年我并没闲着，太多的人约会，太多地方去，太多嗜好。

每个下午，傅于琛看着我回马佩霞的公司学习，看着一箱箱的衣服运来，真是引诱，但我永远白衬衫松身裙，意志力强。

这时候，裤管又开始窄，上身渐渐松。马佩霞找我拍了一大堆照片，替她服装店做广告。

那时，模特儿的费用高，她又没有成名，没有人买账，每个人都不想接她的生意，叫一个很高的价钱，好让她知难而退。

她退而求其次，找了我，以及一个在读工学院的男孩子来拍照。

那男孩子才比我大三岁，但鬼主意多得不得了，随身所带的是只破机器。

马佩霞看着皱眉头，忍不住手买两只好的照相机给他用。

就这样，半玩半工作，我们拍了足有一千张照片。冲出来后，连设计广告都一手包办，就是这三人党。

摄影美工师叫郭加略。

因为年轻，我与加略有时一天可工作二十小时，有时通宵。他有狂热，我爱玩，累了只往地板上躺一躺。一天之内他可以叫我换五六个发式，化妆改了又改。

马佩霞来视察时说："幸亏年轻，换了我，这样玩法，包管面皮与头发一齐掉出来。"

照片一刊登出来，马上证明盲拳打死老师傅，行内人非常震惊，马佩霞立即与郭加略签了张合同。

至于我，她不担心："合同也缚不住她。"

应该怎么形容郭加略呢，他是美的先知，品位奇高，从不钻研，只靠直觉，喜爱创作，拒绝抄袭，确是个不可多得的奇才，最重要的是他不孤僻。

郭加略不但努力，更有幽默感，失败再来，一直没听他说过怀才不遇这种话；也许没有机会，尚未毕业就有合同在手，也算是天之骄子。

马佩霞说："又一个好青年。"

我明白她的意思："他有女友，交了有好几年。"

"怎么没见过？"

"他不一定要把那一面给我们知道。"

"你呢，你有无知心男友？"

"滚石不积苔，傅于琛都不让我在一个城市好好定居，哪里会有朋友，他分明是故意的。"

"加略不是很好？看得出他喜欢你。"

"君子不夺人之所好。"

马佩霞忽然问："你是君子吗？承钰，你是吗？"

"在郭加略面前，我绝对是君子。"

马佩霞明白我的意思。

我们三人，迅速在这一行得到声誉。在我自己知道之前，周承钰已成为著名的摄影模特儿。

傅于琛取笑我："我还以为承钰会成为大人物，一言兴邦，没晓得她靠的是原始本钱。"

马佩霞说："她还年轻，你让她玩玩。"

"这一开头，人就定型，以后也只有往这条路子上走。"

马小姐说："也没有什么不好。"

傅于琛说："是没有不好，但我原以为傅厦可以交给她。"

马佩霞笑："不必失望，交给我也是一样，一幢三十多层大厦还推来推去怕没人要。"

我知道傅于琛的意思。

他想我拿公文包，不是化妆箱。

傅于琛说："美丽的女子倘若不靠美色工作，更加美丽。"

他指的是长得美的天文学家、医生、教授。人们始终把职业作为划分势利的界限。

我终于说："但那是要寒窗十载的。"

傅于琛问："你急着要干什么，有猛虎追你？"

我微笑，不出声。

我想说：我忙着追你呀。

傅于琛似乎明白，他避开我的眼光，将白兰地杯子放在茶几上，但我看见杯子里琥珀色的酒溅出来。

为什么，他的手颤抖了吗？

我说："当我输了好了，我曾与你击掌为盟，要在事业上出人头地。"

马佩霞说："还没开头，怎么算输，十年后再算这笔账未迟。"

"十年后！"我惊叹。

"对承钰来说，十年是永远挨不到头的漫长日子。"马佩霞笑。

我去伏在她背后，也笑。

我们培养出真感情来，反而冷落傅于琛。

"我去拿咖啡来。"马佩霞说。

趁她走开，傅于琛问我："你要搬出去？"

他永远是这样，非得趁马小姐在场，又非得等马小姐偶尔走开，才敢提这种话题。

没有第三者在场的时候，他当我透明。有时在走廊狭路相逢，招呼都不肯打一个，仿佛我是只野兽，他一开口，就会被我咬住，唯有马佩霞可以保护他。

我为这个生气。

故此淡淡说："房子都找到了，郭加略替我装修。"

傅于琛干笑数声："嫌这里不好？"

"不，我不能再住这里。"

"还是怕人闲话？"

"一日不离开这里，一日不能与你平起平坐，地位均等，所以马小姐不愿与你正式同居。"

"你想怎么样？"

"没有怎么样，自力更生，你知我一直想自力更生。"

他轻轻吁出一口气："即使没有卡斯蒂尼尼的遗产，你也可以做得到。一向以来，我高估你的心机，低估你的美貌。在本市，没有被埋没的天才或美女。"

"你并不太注意女性的相貌，"我说，"城里许多女子比马小姐好看。"

傅于琛失笑，我刚想问他笑什么，马小姐捧着银盘出来。

"在谈些什么？"

"美貌。"傅于琛说。

"承钰可以开班授课。"

"我，"我先是意外，后是悲哀，"我？"

"怎么，"马小姐问，"还没有信心？"

"都没有人喜欢我，没有人追求我。"

话才说完没多久，过数日，郭加略把一张畅销的英文日报递给我，叫我看。

他诧异极了："这是你吧。"

报纸上登着段二十厘米乘十厘米的启事："不顾一切寻找周承钰，请电三五七六三，童马可。"

老天。

我把报纸扫到地下。

"漂亮女子多残忍。"郭加略笑我。

我白他一眼，不出声。

郭说下去："你们是几时分手的？他没想到周承钰小姐在今日有点名气，这则广告刊登出来，当事人未免难为情。"

"也许有人会以为它是宣传。"

"这主意倒不错，只是宣传什么呢？"

马佩霞在吃中饭的时候说："快同他联络，不然如此触目的广告再刊登下去，不得了不得了。"

我恼怒地说："我不知道你在说什么，什么广告，我没见过！"

马佩霞叹口气，"要是不喜欢他呢，他会飞也没用，跪在你面前也不管用，真奇怪，真难形容。"

"谁跪在我面前，从来没有人。"

"对，你没看见。"马小姐一贯幽默。

"我有什么能力叫人跪在我面前。"

"这个人既然来到此地，就不会干休，他有法子把你找到。"

"我拨电话报警。"

在那个夏天，我搬了出来住。

房子就租在隔壁，露台斜对面可以看见傅家。我买了几架望远镜，其中一台五百倍的，已经可以把对面客厅看得很清楚。

郭加略问："承钰，你对天文有兴趣？"

"是。"我说，"你知道吗，月球的背面至为神秘，没有人看得见，没有地图。"

"我只知月球有个宁静海，名字美得不得了。"

其实那颗星叫傅于琛。

对他，我已有些心理变态。每夜熄了灯，坐在露台，斟一杯酒，借着仪器，观望傅于琛。

马佩霞几乎隔一日便来一次，这事我完全知道，别忘记我以前便是住在那屋子里，但是将自己抽离，从遥远的地方望过去，又别有一番滋味。

我学会抽烟，因为一坐几个小时，未免无聊。

马佩霞最近很忙，但仍然抽时间出来，为他打点琐事。她是他的总管家，这个地位，无人能够代替。

马小姐越来越有一股难以形容的风度，真令人适意。很多时候，

166

气质来自她的涵养功夫，她是更加可爱了。

傅于琛很少与她有身体上的接触，他俩一坐下就好似开会似地说个不停。傅睡眠的时间每日只有五六小时，半夜有时还起身。

这件事在一个多月后被拆穿，结束津津有味的观察。

清晨，我还没睡醒，他过来按铃。女佣人去开门，他进来，扯住我手臂，将我整个人甩出去，摔在沙发上，然后扑向露台，取起所有望远镜，摔个稀烂。

我不声张，看着他。他用尽了力气，怒火熄掉一半，只得坐下来，用手掩着面孔，叹一口气。

他说："是我的错，养出一只怪物来。"

我们许久没有出声，也好，能为我生气已经够好。

走过去，想亲近他，他却连忙站起来避开。

"为什么，"我问，"为什么不再对我好？"

"你已长大，承钰。"

"我等我长大已有良久，你等我长大也已有良久，你以前时常说：承钰，当你长大，我们可以如何如何。我现在已经长大了。"

"不，你没有，你变为另外一个人，我对你失望。"

"你要我怎么样，回大学念博士，帮你征服本市，抑或做只小狗，依偎你身旁？"

"我不想与你讨论这个问题，你有产业，有工作，有朋友，你不再需要家长。是，你盼望的日子终于来临，你百分之一百自由了。"

"不要拒绝我。"我趋向前，声音呜咽。

"有时希望你永远不要长大，承钰，永远像第一次见到你那样可爱精灵。"

"付于心。"

"不，傅于琛。"

禁不住紧紧拥抱。我的双臂箍得他透不过气来。他怎么样都躲不过我，不可能。

二十一岁生日来临，傅于琛为我开一个舞会。

早几个月，他已开始呻吟："承钰都二十一岁了，不可思议，不可思议。"

百忙中都会拨出一点时间来，用手托住头，微笑地思索过去。

"二十一岁！"他说。

又同马小姐说："我们老了。"

马佩霞笑答："还不至于到那个地步。"

"我已经老花了。"傅于琛失望地说。

我听到这个消息，先是一呆，随即忍不住呵哈呵哈地大笑起来。

连傅于琛都逃不过这般劫数，像他那样的人，都会有这一天，太好玩。

傅于琛恼怒地看着我："承钰你越来越残忍可怖。"

"咦，待我老花眼那一日，你也可以取笑我呀，我不介意，那一日总会来临。"

"待那一日来临，我墓木已拱。"

"不会不会不会，二十五年后，你还老当益壮，"马佩霞说，"风度翻翻，只不过多一副老花眼镜。"

傅于琛对马小姐控诉："你看你栽培出来的大明星，这种疲懒邋遢的样子。"

我静下来。

他一直不喜欢我的职业，他希望我成为医生、物理学博士，或是建筑师，起码在学校里待上十年，等出来的时候，已经人老珠黄，不用叫他担心，我太明白。

"人家在天桥上镜头前穿绫罗绸缎穿腻了，在家随便一点也是有的。"马佩霞为我解释，"国际模特儿都有这个职业病，平时都是白色棉布衫加粗布鞋子。"

"她小时候是个小美人，记得吗？"他问马佩霞，没当我在场似的语气，"没见过那么懂事的孩子。"

马佩霞在深意地看着我。

我把长发拨到面孔前，装只鬼，无面目见人。

舞会那日，一早打扮好，没事做，坐在房间里数收藏品。

两张由傅于琛寄给我的明信片经过多年把玩，四只角已残旧不堪，钢笔写的字迹也褪掉一大半，令我觉得欷歔，原来明信片也会老也会死。

那只会下雪的镇纸，摇一摇，漫天大雪，落在红色小屋顶上，看着真令人快活。

莱茵石的项链，在胸前比一比，比真宝石还要闪烁。

其实我并没有长大，内心永远是七岁的周承钰在母亲的婚宴中饥寒交迫。

只不过换过成人的壳子，亦即是身躯，傅于琛就以为我变了个人，太不公道。

放邮票的糖果盒子已经生锈，盒面的花纹褪掉不少，但它仍有资格做我的陪葬品。

还有傅于琛替我买的第一支口红，只剩下一只空壳；他带回来的第一条缎带、太妃糖的包装纸……

我开心得很，每件物品细细看察。这个世界，倘若没有这个收藏品，根本不值得生活下去。

没发觉有人推门进来。

"你蹲在那里干什么？堵夫绸容易皱。"

我抬起头，是傅于琛，他过来接我往舞会。

急于收拾所有的东西，已经来不及，都被他看见。

他震惊："承钰，你在干什么，这些是什么东西？"

我也索性坦然："我的身外物。"

"老天，你一直保存着？这是，唷，这张明信片……"他说不出话来。

我取过缎子外衣："我们走吧。"

这时他才看到我一身打扮，眼光矛盾而迷茫，手缓缓伸过来，放在我肩膀上。

我轻轻地说："听见吗，要去了，音乐已经开始，我们可以跳舞。"

他的手逗留在我脖子上很久很久。

门口传来马小姐的声音："承钰，打扮好没有？今日你可是主角。"

傅于琛才自梦中醒来，替我穿上长袍。

马佩霞看到，呆一呆，随即赞叹："来看这艳光。"

我只说："二十一岁了。"

还要等多久呢？

舞会令我想起母亲与惠叔的婚宴，不过今日我已升为主角，傅于琛就站在左右。

多少不同年纪的异性走到我身边来说些赞颂之词，要求跳半支舞，说几句话。女士们都说，周承钰真人比照片好看。

站得腿酸，四周围张望，看到舞厅隔壁的一个小宴会厅没租出去，我躲开衣香鬓影，偷偷溜到隔壁，在黑暗中找到椅子坐下。

一口饮尽手里的香槟，嘴里忍不住哼：红着脸，跳着心，你的灵魂早已经，在飘过来，又飘过去，在飘飘呀飘个不停。

黑暗中有一把声音轻轻地问："谁的灵魂？"

我吓一跳，弹起来，忙转过头去，只见暗地里一粒红色火星，有人比我捷足先来，早已坐在这里抽烟。

"谁？"

"慕名而来的人。"

我又再坐下来，轻笑："要失望了。"

"本来已觉失望，直到适才。"

"啊，发生什么事？"

"你进来，坐下，唱了这首好歌。"

我听着他说话。

他补一句："证明你有灵魂。"

"你叫什么名字？"

"说给你听，你会记得吗？外头统共百多名青年俊才，你又记得他们的名字？"

我纳罕了："那你来干什么，你同谁来？"

"我代表公司。"

"你是马小姐的朋友？"

他没说话，深深吸烟。

我无法看清楚他面孔，取笑他："你是神秘人。"

他不出声，并没有趁势说几句俏皮话。

我心底有种奇异的感觉。好特别的一个人，强烈的好奇心使我对他的印象深刻。

"承钰，承钰。"马小姐的声音。

"快去吧，入席了。"

"你愿意与我一起进去？"

"不，我这就要离开。"

"为什么？"我失望。

"回公寓看书，这里太闷。"

这话如果面对面说，我会觉得他造作，但现在他连面孔名字都不给我知道，显得真诚。

"承钰。"郭加略走过，"承钰。"

"全世界都来找你。"他轻笑。

我只得站起来。

"再见。"我同他说。

"再见。"

我又停住脚步回头:"告诉我,我今夜是否漂亮?"

他略觉意外:"你是周承钰,你不知道?"

"不,我不知道。"

"漂亮,你像一只芭比娃娃。"

我啼笑皆非:"谢——谢——你。"

"有没有找到承钰?"

是傅于琛,每个人都出动找我。

"这里。"我亮相。

"你躲到什么地方去了,快过来。"

傅于琛拉起我的手。第一次,第一次我没有即时跟他走,我回头看一看房间。

那夜我们在饭后跳舞,气氛比想象中热烈。

各人都似约定要好好作乐,舞着舞着,郭加略带头,把所有在场的模特儿排成人龙,各人的手搭各人的腰,跳起伦巴舞来。

我招手唤傅于琛,但他没有加入。郭加略一手把马小姐带入我们的队伍,跳得香汗淋漓。

真腐败是不是?

喝香槟,跳热舞,谈恋爱,都是私欲。世纪末的坠落,这般纵情享乐,义无反顾。

因为吃过苦,所以怕吃苦。因为明天也许永远不来,因为即使有

一万个春天，也未必重复今宵这般的良夜。

跳至脚趾发痛，音乐才慢下来。

傅于琛过来说："该是我的舞。"

"马小姐呢？"

"去补妆。"

汗水也把我脸上的妆冲掉七七八八，头发贴在额前颈后，绸衣上身几乎湿透。谁在乎，我想我的原形已经毕露。

傅于琛说："年轻人总是不羁的。"

我抬起头来。

"那个登报纸广告的青年，有没有找到你？"

"什么？啊，那一位，我不关心。"

"佩霞说他找到她店里去要地址。"

我说我累了。

目光四处游走，并没有发现可疑人物。

暗厅里的人，他应该长得怎么样？低沉有魅力的声音，应该配合端正的面孔。

"你在想什么？"傅于琛狐疑地问。

他握住我的手紧了一紧。

"从前与你在一起，你从无心不在焉的样子。"

我看着他，温和地笑："从前我还未满二十一岁。"

客人陆续散去。

临走前，我回到那个小宴会厅去，开亮灯，厅内空荡荡，一个人也没有。

我们打道回府。

倘若真要找出那个人，或者也可以学童马可，在报上登一段广告，不顾一切寻找……

那真的需要若干勇气，我比较爱自己，不肯做这等没有把握的事。

过了这一个生日，真正红起来，推掉的生意比接下来的多，即使接下来的工作，已排至第二年年中。

定洋都依马佩霞的意思，叫他们折美金送上来，马小姐是我的经理人。

郭加略已摸熟我每一个毛孔，拍起照来，事半功倍。

我问他："还能做多久？"

"十年。"

"要命。"马上泄气，瘫痪在地上。

"喂，敬业乐业。"

"我想结婚。"

他大笑："你可以，你有钱。"

"你们一听见结婚两字就笑得昏过去，为什么？"

"要不要试一试？聪明人不必以身试法。"

"你可结过婚？"

"承钰，你太不关心四周围的情况，我认识你时，早已结婚。"

我怔怔地说："他们没说起。"

"我这段婚姻维持得不容易，"加略洋洋得意，"职业是同漂亮女人

混，妻子却能谅解，从不盯梢。"

"可是你仍然不看好婚姻。"

"独身人士往往可以在事业上去得更远更高。"

"为什么？"

"你这只蠢鸡。"

"对不起，承钰，关于你的传说太多，老以为你是只妖精，谁知是这么一个普通女孩，唉。"

我黯然：“别瞎捧人，才没资格做普通人呢。"

马佩霞进来："承钰，伊曼纽尔标格利王朝在此地找人，你去试一试。"

"咦，他们找的是单眼皮高颧骨，皮肤蜡黄，稻草似黑发，我干不来。"

"不一定，去试试。"

"要不就得长得像只鬼。他们以为东方女人不是婢妾就是鬼，不会让我们以健康的姿态出现。"

"去不去试？"

"不去。"

"标格利派来的人是华人。"

"哎呀呀，更加坏，一定是犹太人打本捧红的，衣锦荣归，我可不去受这个气。"

郭加略立即说："好好好，不去不去，反正周小姐也不过是闲得无聊，玩玩模特儿，又没打算来真的，谁去接受挑战，大不了结婚去，嫁妆丰厚，怕没有人要？"

我霍地转过身子去瞪郭加略，他吐吐舌头，退后一步，像是怕我搂他。

我笑起来，他们都宠我，我知道。

"你们都想甩掉我，几次三番叫我昭君出塞。"

马小姐忠告："去试试，要不就不入行，否则就尽量做好它。"

"在本市也不错呀，一个由我做广告的牛仔裤，一季卖掉七万条。"

"一个城市同三十个城市是不同的。"

"我们不用这么早担心，也许连开步的机会都没有。"郭加略又在那里施展激将法。

"明天几点钟？"

"上午十时。"

"我有一张封面要做。"

"已替你推掉，改了期。"

我懊恼地点起一支烟："傅于琛一直不喜欢我靠色相吃饭，越去得高，他越生气。"

马小姐说："管他呢。"

我吃一惊，从来没想过可以不管傅于琛，也没想到这话会出自马佩霞之口。呆半响，细细咀嚼，真是的，管他呢，越是似只小狗般跟在他身后，他越是神气。

我按熄香烟，掩着胸口，咳嗽数声。

马佩霞问："要不要同你一起去？"

"不用。"

"烟不必抽得那么凶。"郭加略说。

圆舞　　177

"是，祖奶奶。"

我果然去了。

粗布裤，白衬衫，头发梳一条马尾巴。到了酒店套房，才后悔多此一行。

城内但凡身高越过一六五厘米的女子全部在现场，胖的瘦的黑的白的，看到我，都把头转过来，表示惊异，随即又露出敌意，像在说："走到哪里都看到你。"我只得朝几位面熟的同行点点头。

真抱歉我不是个隐形人，骚扰大家。

怎么办呢，走还是留下？

没有特权，只得排排坐。负责人出来，每人派一个筹码。我的天，倘若就这么走，郭加略又不知会说些什么难听的话。

可是如此坐下去，怕又要老半天。

正在踌躇，又发觉轮得奇快，平均一个女孩不需一分钟便面黑黑自房内被轰出来。

暗暗好笑，当是见识一场也罢。

二十分钟不到便轮到我，我一站起来，大伙全露出幸灾乐祸之情，我朝众女生做一个不在乎的表情。

推开门，只见一排坐着三位外籍女士。

"早。"我说。

我在她们面前转个圈，笑一笑，自动拉开门预备离开。

其中一位女士叫住我："慢着，小姐，你的姓名。"

"周承钰。"

咦，已经超过一分钟,怎么一回事,莫非马佩霞已替我搭通天地线?

只见内室再转出一位男士。

他双手插在口袋里，靠着门框，看着我。

我也看向他。

他身上穿着本厂的招牌货，一股清秀的气质袭人而来。

他轻轻咳嗽一声："好吗?"

听到这两个字，我浑身一震。

他笑了。比傅于琛略为年轻，却有傅当年那股味道，我即时受到震荡。

我当然认得这位先生，以及他的声音。

"你也好。"但是不露出来。

已经二十一岁，不可以再鲁莽。

"袁先生，"其中一位女士说，"就是周小姐吧。不用再选了。"

他抬起头："是的，不用再选，请她们走吧。"

我指着自己的鼻子："我?"

四位选妃人答："是，你。"

"请坐，这份合同，请你过目。"

"我要取回去研究一下。"

"自然自然。"

我取过合同，放进手袋，再度去开门。

只听得身后传来声音说："你的灵魂好吗?"

声音很低微，旁人根本不知他在说些什么，但这句话，清晰地钻

入我耳朵中，舒服得四肢百骸都暖洋洋。

不应再伪装了吧。

我转过头来说："它很好，谢谢你。"

之后的事，如他们所说，已是历史。

一个月之后我已决定与袁祖康去纽约。

马佩霞说："傅于琛要见你。"

我知道他为什么要见我，但是我不想见他，我也知道他要说什么。

"我与袁祖康一到纽约便要结婚。"

"你根本不认识这个人，多么危险。"

"我已习惯这种生活。"

"承钰——"

我做一个手势，温和地说："我们一直是朋友，互相尊重，别破坏这种关系。"

她蹬一蹬足，面孔上出现一种绝望惋惜的神色来。

我被马小姐弄得啼笑皆非。

"看，我不是患绝症，马小姐，别为我担心好不好？祖令我快乐，无论在事业上或是生活上，他都可以帮我，是我最理想的对象。"

马小姐低下头。

"我爱祖。"

"是吗，你爱他？"

"当然！"

"不因为他是傅于琛的替身？"

我霍地站起来，铁青着面孔："马小姐，我不明白你说什么，我无须向你解释我的行为，我已超过二十一岁，而且你亦不是我家长。"

"为着一个陌生人同我们闹翻，是否值得？"

"你们，"我冷笑，"你们不过是你同傅于琛，还有什么人？别把'你们'看得这么重要，这个世界还不由你们控制统治，少往脸上贴金，这上下你们要宠着我，还看我愿不愿意陪你们玩，别关在傅厦里做梦了！"

我抢过外套离开她。

我们！最恨马佩霞这种口气。

她哄住他，他又回报，你骗我，我骗你，渐渐相信了，排挤丑化外人，世界越来越小，滴水不入。

马佩霞扮演的角色罪不可恕，傅于琛愿意接受蒙蔽亦愚不可及。

谁关心，美丽的新世界在面前。

马佩霞忽然说："承钰，如果那是因为我的缘故，我可以走。"

我沉默了，非常感动。

隔了很久，仍然硬起心肠说："你一整天都与我打谜语，傅于琛，他只不过是我义父。"

马佩霞长叹一声，她取起外套，告辞。

我追上去："仍然是朋友？"我牵牵她的衣角。

"我不知道。"她像是伤透了心。

"让我们忘记傅于琛，"我说，"他不是上帝。"

"承钰，别欺骗自己了。"她推开我的手离去。

这句话使我沮丧一整个上午，下午祖康带我出去玩水，晒得皮肤

起泡，疯得每一条肌肉都酸痛，精神才获得松弛。

回家还嘻嘻哈哈，他一手把我抱起，我们大力按铃，女佣开门，一眼看见傅于琛坐在那里。

祖说："咦，有客人。"他很自然放我下来。

傅于琛面孔难看得不得了，他说："我想与承钰单独谈谈。"

祖转头问我："这人是谁？"也十分不悦。

"我的监护人。"

"我八点钟来接你去吃饭。"祖离去。

傅于琛厌恶地看着我："看你，邋遢相，皮肤同地板一样颜色，头发都晒黄了。"

"你要说什么？"我倒在沙发里。

"袁祖康做什么职业？"

"他在纽约标格利负责统筹模特儿。"

"扯皮条。"

我不怒反笑："好好好，那么我是他旗下最红的小姐。"

"你怎么能跟这样一个人走，用用你的脑。"

"你完全盲目地反对，为什么？"我说。

"你不会有幸福。"傅于琛说。

"我们走着瞧。"

"不要冒这个险。"

"我一定要去纽约闯一闯，输了，回来，有何损失？"

"他会伤害你，他是个花花公子，我早已派人揭了他的底牌，他上一任妻子比他大三十岁。"

"或许他喜欢老女人,"我停一停,"正如你,你喜欢年轻的女孩。"

他听到这句话,浑身毛孔竖起来,瞪着我,像是胸口挨了一刀,眼圈发红。

当时只觉得真痛快,他要伤害我,没料到我已练成绝世武功,他反而吃亏。

年轻的我,手中握着武器,便想赶尽杀绝。

"如果我恳求你,你会不会留下来?"

他,傅于琛,终于也会开口求人。

我站起来:"我得去淋浴,盐积在皮肤上是件坏事,我还要去吃饭。"

"承钰!"

"你要我留下来干什么?过一阵子还不是摆摆手挥我去,不如让我开始新生活。"

"不是与他。"

"那与谁呢,总得有个人呀,你喜欢谁,保罗?约翰?马可?"

"你要怎样才肯留下来?"

"这话叫人听见,会起疑心,谣言越传越厉害,于你更无益。这像什么话呢,你我竟然讲起条件来。"

"承钰,我没想到你恨我。"

"不,我不恨你,我只想离开你,忘记你。"

"你会回来的,承钰,请记得这支舞的名字。"

　　我喉咙干涸，握紧着拳头，看着他离去，生命有一部分像是随他消失，身体渐渐委靡。

　　我与祖在一星期后前往纽约。

　　我们随即注册结婚。

　　当夜有一个女人打电话到公寓召他，他对我说："对不起，亲爱的，我出去一下。"

　　这一去便是一个星期。

　　据祖的解释是，朋友同他闹着玩，哄他上了游艇，船驶出公海，他根本无法回来，除非游泳，但是他怕有鲨鱼。

　　我记得我回答："那是个好故事，有没有考虑往好莱坞发展？他们那里需要编剧。"

　　一结婚便成为陌生人。

　　但是祖对我有好处，他带我打入他的社交生活圈子，洗掉我的土气。对于纽约客来说，即使你来自金星，你还是一个土包子。他们没有公然瞧不起我，也没有正视我，我把握机会认真吸收。

　　袁祖康纵有一千一万个缺点，他不是一个伪善的人。

　　而且他是他那一行的奇才，他遵守诺言，助我打入国际行列。不到一年，我已是标格利屋的长驻红角。再过一年，我们飞到利诺城办离婚手续。

　　代价是大半财产不翼而飞。

　　打那个时候开始，我警觉到八个字数目的金钱要消逝起来，也快似流水，同时也发觉金钱可以买到所要的东西。

这笔钱花得并不冤枉，连自己都觉得现在的周承钰有点味道。

两年的婚姻我们很少机会碰头，我总是出差，他总是有应酬。有时不相信他记得我的名字，逢人都是亲爱的，没有叫错的机会。

渐渐觉得他那圈子无聊。都是些六国贩骆驼者：中华料理店老板、犹太籍诗人及画家、欧洲去的珠宝设计人、摄影师……聚在一起吃喝玩乐，以及吸用古柯碱。

袁祖康终于被控藏有毒品。

长途电话打到牙买加京斯顿，我在该城工作，拍摄一辑夏装，闻讯即时赶回去。

一月份的纽约，大雪纷飞，寸步难行。我立刻替他聘请最好的律师。

在拘留所看到他，他流下眼泪。

"你不必为我做这么多。"

我叫他放心。

"你是个好女孩。"

"谢谢你。"

"你待我不薄，但你从无爱过我，是不是？"

我一怔。我们已经离异，没想到他至今才提出这样的问题，一时不知怎样回答。

"祖，我跟你学会了很多很多。"

"你早已超越我们这堆人。"

我摸摸他的面孔，微笑。

替他缴付保释金，自有朋友来接他走。

独自返公寓。

雪，那么大的雪，一球一球扑下来，简直像行经西伯利亚。叫不到计程车，只得走向附近的毕道夫酒店。

住一晚也好，已经太累太多感触，不欲返回冰冷的公寓再打点一切。

差三步路到酒店大门口，我滑了一跤，面孔栽在肮脏的雪堆里，努力想爬起来，没成功，我暗暗叹一口气，要命。

正在这个时候，一只强壮的手臂把我整个人扯离地上，我一抬头，救人者与被救者皆呆住。

"付于心！"我叫出来。

"阁下是谁？"他没把我认出来。

"是我，是我！"

他听见我声音，变了色，用戴着手套的手拂开我脸上的头发与脏物。

"承钰！我的天，国际名女人怎么会搞成这样子？"他大笑，拥抱我。

我冷得直打颤："一个人要沦落起来简直一点办法都没有，进去才说好不好？"

"承钰！"他掩不住惊喜，扶着我走进酒店。

我借用他的房间洗刷全身，虚掩着浴室门，两人都来不及叙旧。我俩之间，像是没有发生过不愉快之事。

"你一定时常来纽约，为什么从不来看我？"

"你又没留下地址。"

"要找总是找得到的。"

"我在杂志上看到你的照片……也许我看错了袁祖康。"

傅于琛递给我一杯白兰地，我穿着浴袍出来。

他仔细打量我，在他眼光中，不难看到他已经原谅了我。我也朝他细细地看，这两年来，无时无刻不想起他，意气一过，就后悔词锋太利。

"婚姻还愉快吧。"

我没有说出真相："马小姐有没有来？"

"她生意做得很大，比我还忙，很难陪我出门。"

我缓缓地喝着白兰地。

"这两年来，你过着快捷的生活吧。"

"是。"

"社交界很有点名气了？"

我讪笑："没有基础的名气，今日上来，明天下去，后天又轮到别人。"

"可是我听说因你的缘故，现在每一位著名的设计师都想拥有一位美色模特儿。"

"是，全世界都有：土耳其、日本、伊朗、印度、肯尼亚、摩洛哥……很吃香。"

他对这个行业的潮流有点心得，不外是因为我的缘故。"刚才，幸亏你把我扶起来。"

"如果不是我，也总会是其他人，没有人会看着一个漂亮女子摔倒而不扶。"

他还是老样子，非要把我与他的关系说成轻描淡写不可。

穿着他的维也拉睡衣，我同自己说：但是我碰见的，总是傅于琛，不是其他人。

"你的态度成熟多了。"

"老了，皱纹都爬上来。"指指眼角。

我俩说着漫无边际的客套话，关系这么亲密，却又这么疏远。

"我叫袁祖康来接你。"

"他不在本市。"我说，"衣服干了我自己会走。"

"我不是这个意思——"

我苦笑："我也不是那个意思。"

刚要分辩，酒店房门敲响，傅于琛犹疑着没去应门，我心中已经有数。

我说："这位小姐如果不太重要，我帮你打发如何？这上下怕你也已经没有心情了。"

傅于琛十分尴尬。

我去开了房门。

门外站着一位红发女郎，披着件红狐大衣，一刹时分不出哪一部分是她的毛发，哪一部分是动物的皮子。

我取出一张钞票递给她，说道："他正忙呢，下次再说吧。"

随即关上门。

等了三分钟，红发女没有再敲门，我才放心地回座。

傅于琛忍俊不禁，用一只手遮住额头，不住摇头。

"我还是得走了。"

我拿起电话叫街车。

他先是不出声，过一会儿问："这两年的生活，到底如何？"

我淡淡地回头问："你是指没有你的生活？"

他转过身子。

"渴。"我轻轻说，"没有什么可解决那种渴的感觉。"

他浑身震动。

"为什么不叫我留下来？"

他没有回答。

我披上大衣，戴上手套，离开他的房间。

走到楼下大堂，不知是心不在焉，还是太过疲倦，膝头忽觉无力，跪了下来。

还没出丑，身后即时有人将我扶起。

"傅于琛。"我挣扎着回首。

不是他，这次不是他，他没有跟上来，我把着陌生人的手臂，深深失望。

"小姐，你没有事吧？"

"没有事，谢谢你。"

乘搭计程车回到公寓，已是深夜。牙买加那组人把电话打得烂掉，催我即时归队，吼叫不停，令人心乱上加乱。忽然之间我厌烦到极点，打开冰箱，捧出巧克力蛋糕，开始吃。

不住飘忽流离的旅行，永恒性节食，紧张的工作，都叫人精神支撑不住。

填饱肚子，摔下匙羹，倒在床上。

第二天中午来敲门的是傅于琛。

雪还在下。

他身上深灰色开司米大衣的肩膀上沾着雪花，雪融化了，就是小小一个水渍。

他说："为什么不告诉我？"

他已打听到袁祖康的事。

"让我帮你的忙。"傅于琛说。

"我自己会处置。"我说。

"这些律师会叫你倾家荡产。"

我燃起一支烟："我欠他这个情。"

"你不欠任何人任何情，尤其是这个人！"

"我们在一起曾经快活过。"

"这是离开他的时候了。"

"我们已经离婚。"

"为什么不听我的话？"

"傅于琛，只要你说一句话，我马上离开纽约，跟你回去，你为什么不肯说？"

"我不能够。"

"那么不要管我的事。"

"叫我知道，就不能不管。"

"下午我要飞回牙买加，你要不要跟着来？"

"放弃袁祖康！"

我没有。

我们输了官司，他被判入狱一年，到那个时候，两人的关系不得不告一段落。

祖叫我回家休息。

他忘记我并没有家。

他摸着我面孔说："我一生一世感激你。"

但是我并没有救到他。

在这个期间，大部分工作都落在别人手上。

我吃得很多，开始胖，像我这种高度，添增的头二十公斤还不大看得出来。他们把四十四号的衣裳在背后剪开来迁就我尺码，但是我没有停止吃，心情坏的缘故，也不接受忠告。

终于我不得不停止工作。

马佩霞找到我的时候，我肥壮如一座山。

她扑哧一声笑出来。

因为肥人脾气都较好，所以也陪着她无奈地笑。

刚想问她，是否傅于琛派她来做什么，她却说："我与傅于琛已分了手。"

她又说："回来吧，回来同我住。"

"你们看到我气数已尽？错了，几年来我颇有点积蓄。"

"这样吃下去，怕不坐吃山空。"她拧我面颊。

"你此刻可有男朋友？"我说。

"我们已订婚。"马佩霞说。

我一怔，由衷地说："恭喜恭喜。"

圆舞　　191

"你呢，你在感情上有没有新领域？"

我大笑起来："你是男人，你要不要胖妇？"

"这些花这些巧克力，不见得是你自己买的。"

"这些人消息不灵通，不知道我现在的样子，哈哈哈哈。"

"有没有想过利用目前的工作，真正做些同时装有关的事业？"

"你又来了，一天到晚恨铁不成钢，你也是出来走走的人，明知这是白人的社会，咱们这些人能混口饭吃，不外是靠感觉新鲜，像一种玩意儿，点缀点缀无所谓，打起真军来，哪用得着我们。"

马佩霞不出声。

"傅于琛说你干得出色极了，可是？"

"开到第十一家分店。"

"多好，简直托拉斯，女人不穿衣服最狠，否则真还得让马佩霞赚钱。"

"听你说话，头头是道。"

"这是袁祖康的功劳。"

"你还念着他，我早听人说你有男朋友。"

"干我们这一行，人人都有男朋友。"

"跟我回去如何？"马小姐说，"我用得着你。"

"我不想回头。"白兜圈子，又回到原来的地方。

"那么当休假，放完假再回头。"

"有什么好做的？"

"参加傅于琛的婚礼。"

我一震。

他又要结婚了。

我失声："你为什么把他让出来？"

"十年了，缘分已尽，我太清楚他，不能结合。"

马佩霞声音中无限失落。

我呆了许久许久。

先是他结婚，再轮到我结婚，然后他又结婚，几时再是我？

"来，我们齐齐去观礼。"

"我太胖了，不便亮相。"

"那么节食，保证一两个月便可瘦回来。"

"婚礼几时举行？"

"六月。"

"好的，让我们回去。"

也没有即刻成行，不知有多少东西要收拾，身外物堆山积海，都不舍得扔。

马佩霞真正展示了她的魄力，天天出去谈八九个钟头生意，办货，做正经事。回来还做色拉给我吃，只给我喝矿泉水，一边还帮我收拾。

"唯一值得留下来的，是那些封面。"她说。

我已饿得奄奄一息，眼睁睁看着我的宝物一盒一盒扔出去。

"这些，这些是不能碰的。"她指着一只樟木箱。

她记得，她知道。

我们投资了生命中最宝贵的时间给对方，有许多事，根本不用开口说。

圆舞　　193

傅于琛又结婚了。

这么精明能干的男人，却不能控制他的感情生活。

婚礼盛大，最令人觉得舒服的是，新娘没有穿白纱，她选一套珠灰的礼服，配傅于琛深灰的西装。

我跟马佩霞说："样子很适意。"

她却有点醋意："这种女子在本市现在是很多的，是第一代留学回来的事业女性。"

我一直没有同傅于琛联络，他明知我已回来，也没有主动约会。

自然，他要筹备婚礼，太忙了。

婚姻一直是他的盾牌，他总是企图拉一个不相干的女子来做掩护。这么大的男人，有时像个小孩子。

他以为他安全了。

"新娘子叫什么名字？"

"叫傅太太。"

马佩霞说的是至理名言。

我们趋向前去与一双新人握手。

傅于琛看到我，把妻子介绍我认识，我心如刀割般假笑，那笑声连自己都觉得太过愉快，又急急刹住。

傅于琛低头别转面孔，他的新娘诧异。

我们总是在婚礼上见面。

马小姐递给我一杯香槟，我推开："卡路里太重。"若无其事地连喝数杯黑咖啡。

趁马小姐与熟人周旋，我跑到露台去站着。

经过这么些年的努力，到底得到些什么，仍然不能独立，仍然不能忘怀二十年前事与人。

马佩霞做得到的事，我没做到。

我自手袋中取银白两色的帖子看，新娘有个英文名字，叫西西利亚，姓汪，或是王，甚至是黄。

她的年纪与我差不多。

"你好吗？"

我抬起头来，看到一位年轻人。

"我知道是你，"他喜悦地说，"今天我运气特佳，我有预感。"

但我与他从来没有见过面，我已习惯这种搭讪方式，是他们最常用的技巧。每次参加宴会，总有那么一个人，上来问：我们见过面，记得吗？

我呆呆地看着他。

"纽约，华道夫。"他提醒我。

越说越远了，我茫然摇摇头。

"你跌倒，我扶起你，记得吗？约六个月之前。"

啊，那个晚上。

我点点头，傅没叫我留下的那个晚上。

"想起来了？"

真巧，舞池中来来去去，就这么几个人。

他们已经奏起音乐。

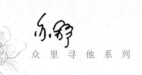
我问："跳舞？"

"让新郎新娘先跳。"

是是是，我都险些儿忘记规矩了。

等他俩跳完，我与陌生少年也下了舞池。

傅于琛的目光留在我的身上，我继而与每位独身的男宾共舞。国际封面女郎，不愁没有舞伴。

他一个下午都站在新娘身畔，五点半便开始送客，音乐停止，曲终人散。

马佩霞过来微笑道："没想到你玩得那么高兴。"

"我喜欢舞会，那时与袁祖康天天去派对，若问我这几年在纽约学会什么，可以坦白地同你说：去舞会。"

"我们走吧。"在门口与傅于琛握手，我祝他们百子千孙，白头偕老。

新娘子这时忽然开口："我知道你是谁，我在时尚杂志上看过你的照片，"她转头过去，"于琛，你怎么不告诉我今天请了周承钰？"

没待她回答，马佩霞已经把我拉出去。

"今天你抢尽镜头。"

"我不是故意的。"

"你有意无意，我自信还看得出来。"

"看你，白白把丈夫双手奉送给人。"

"我从来没想过要嫁他。"马佩霞否认，"我很替他们高兴。"

"那位小姐对他一无所知。"

"那位太太。"马佩霞更正我。

我又失败了。

在门口，有车子向我们响号。

马佩霞喃喃地说："狂蜂浪蝶。"

我停下脚步："我们就在这里分手。"

"你要乘那个人的车子？"

我微笑。

她无奈："记住，你还有五公斤要减。"

我不久便减掉那五公斤，并且希望再度恋爱。

前者比较容易做得到。

我正约会那个在华道夫酒店电梯口扶起我的男生。他叫姚永钦，上海人，家里做面粉业，学日本人做即食面，发了财。

为什么他们都有钱？像一位电影女明星说的，不是有闲阶级，哪会想到来追我们这样的女子？也不过是打开画报，看看照片，读读新闻算了。

是我们身份的悲剧，召这样的人围上来，没有选择。

姚家固是上海人，生活品位较为老练，十分倾倒于我在海外的名气，时常骄之同侪。

如果有人说不认得，便讥笑那人说"当然，令郎的女友是电视明星"之类。

这时日本人做的化妆品预备打入西方市场，到处挖角，什么都要最有名气：摄影师、化妆师及模特儿。一纸合同环游到西半球，再到东方，终于落在我手上。

因为出的价钱实在很好，我又想工作，便立刻起程。姚永钦一定

要一起去，我同他说，一张照片也许要拍一千张底片，二十个小时，而且人家规矩也许要清场，不准旁观。

他还想跟去。

在这之前，姚家曾要我替即食面做招牌，我认为无所谓，却被合同广告公司强烈反对，他们认为我的面孔比较适合鱼子酱。

姚家同广告公司闹得十分不愉快，还把我夹在当中，该公司便传出周承钰利用男朋友在本市出风头的新闻，十分无聊。

许多原因使我坚拒姚永钦跟着我去东京。

压力之下，他向我求婚。

我笑，他这么做唯一的原因，可能只是习惯了旁人对我俩一起出现时的注目礼，没有其他原因。

"回来答复你吧。"我说。

这次工作经验十分愉快。

胖过之后再瘦，皮肤有点松，幸亏摄影师手法高超，能够起死回生。不过心中也暗暗知道，若不好好保养，这份事业，也到此为止了。

这么快便这么老，可是为什么我有种感觉我还未真正开始？

以前替我拍照，他们说，只要有一只勃朗尼与一卷底片就可以，是天下第一优差。

现在不行了，现在要选择角度，现在拍出来的照片要挑选。

可观性还是很强，但我现在不会坐在夜总会里随意让别人摄柏柏拉西。

日本人还是很满意。

看到一本杂志封面，问："这是谁？"

"她叫小夜子。"

美丽而做作的名字。

我也可以叫自己中国玉，使外国人容易记住，又富地方色彩，但没有那样做，太太太太似江湖卖艺了，不过吃亏也再不肯妥协。

做这类型的工作，是不允许人有一点点保留的，略有自尊，便放不尽，去不远，被人批为自傲，不能广结人缘。

我长长叹息。

有没有后悔不听傅于琛的话，在大学中待上十年？

没有。

这倒没有，我要的，不是文凭可以给我的。

本来化妆品公司只打算用我做一月份的日历，拍得兴起，从头开会，十二张都给我一个人。

彼时化妆品颜色强调深红与粉红，豆沙色尚未上场，需要极白皮肤的模特儿。

我爱不释手，第一管唇膏，就是这个颜色。

一向喜欢化妆品，皆因其色泽艳丽。女人没有颜色，还怎么做女人？

留在东京的时间比预料中长得多，回到酒店，也并不听电话，心里盘算，待我回家，姚永钦可能已经找到新密友。

他不停地送花与电报，声明如果第七天再没有回音，人也跟着来。

我一笑置之。

闲时与工作人员逛遍大街小巷，度过前所未有的愉快假期。

不是不喜欢日本，但不会对它倾倒。

这块地方的人民动不动对别人的文化疯狂，这样没有自信，如何征服人心。

生活能够这样正常，也出乎意料。

他们问我会不会留下来工作一年，不不不，我已见过纽约。

袁祖康说的，一个人，要不往上走，要不停步不走，但不能往回走。

客串是可行的，但是真正加入他们的行列，那不行。我始终是标格利屋的人，否则不会得到这么大的尊敬。

第十天姚永钦赶到。

正逢我购买礼物回来，看到他孩子气而英俊的脸，倒是比意料中欢喜。

他说他思念我，过去十天内并无约会其他女子，说得像是什么特别的恩典，对他来讲，真是不容易。

"工作还没有结束？"他问。

"明天最后一天。"

"让我们结婚吧，我来接你回去。"

"告诉我一个应结婚的理由。"

"世上男人长得比你高的实在不多，起码你在日本不会找得到。"

姚永钦就是那样的人，他是那种以为浪漫便是一顿好的烛光晚餐，然后开了音乐跳慢舞的人。

母亲比我幸运，她还嫁得到卡斯蒂尼尼。

我们这一代，不但找不到负责的男人，连懂得生活的男人也绝无仅有。

有时候真想念袁祖康，他才会享受呢。

他要是知道我在往回走，不知道会怎么想。

我确在这么做。

屋子里的家私用具都最最普通，街上随时可以买得到，粗糙的玻璃瓶罐才几块钱一只，杯子全不成套，已经不讲究这些细节。

唯一旧貌便是每天插花，只要是白色的香花。

莫非是返璞归真了，连男朋友都选性格简单，不大有头脑的，我这样嘲笑自己。

马小姐说，放一阵子假，让心灵休息一下，也是好的。

特地去纽约看袁祖康，他很颓丧很瘦，握住自己的手不出声。他根本不似袁祖康了，体重减掉一半，头发也掉了一半。一年不到，他受了好大的折磨。

我忍受不住，站起来说："我去找律师来同他们说话。"

他按住我。

"嗨嗨嗨。"勉强地笑。

他告诉我他想念我。

我何尝不是。

"宝贝，你原不必为我做这么多。"

"你很快便会出来，祖康，我们再结婚，我还没有老，我们可以再度大施拳脚。"

"我不知道，承钰，我生活荒唐，不是一个好丈夫。"

"但最低限度，你知道我的灵魂在什么地方。"我说。

他再度微笑，眼色中有一股不寻常的神气，使我有不祥的预兆。

"你很快可以出来，我与律师谈过，不要担心，这不过是漫长生命中的一段插曲，我们还有好长的一段日子。"

"你是路过还是特地到此？"

我不响。

"你原不必这么做。"

"袁祖康，你老了，噜里噜苏只有一句话。"

"我会报答你。"

离开那里，我把身体靠在墙角，要好一会儿才透得过气来。

记得碰见袁祖康那一日，才二十一岁，只觉得他风流潇洒，根本看不到月亮的另一面。

他一直对我不错。

我再去见律师，为接他出来作准备。

正在进行保释手续，消息传来，袁祖康在狱中自杀身亡。

我与律师都大表震惊，像是平地起了一个忽喇喇的旱雷，震聋了他，震呆了我。

完全没有理由。

并不是大案，亦非死罪。出来之后，即使不能恢复旧观，也不愁生活。算一算，他只有三十六岁。

深深的悲哀之后，是无边沮丧。我成日说不明白不明白不明白。律师劝我去见心理医生。

袁祖康的葬礼再简单没有，由监狱处代办，他的朋友一个也没有到。

是一个风和日丽的好日子，墓园里有夏季最后的玫瑰，熟透后的香气似水果味道，十分醉人，只得我同律师看着他落葬。

当年的袁祖康虽不至一呼百诺，却也门庭若市，车水马龙的盛况我看见过，如今落得如此凄清下场。

我为他不平，抬起头，看着太阳，直至双目刺痛，而葬礼已经完成。

这次之后，我想我永远都不会再回到这个都会来，它太喜怒无常，爱之欲其生，恶之欲其死，而且它办得到。

正如我们所料，袁祖康什么也没留下来。我俩以前住过的，在三十街的公寓，早由房东租给别人。是我不好，我不应在不适当的时候同他离婚，我应留在纽约市，天天去探望他，鼓励他生存下去。

在这种时候，姚永钦送过来的鲜花变成了一个滑稽的对比。我问律师张伯伦："酒店房间像不像殡仪馆？"

那天早上，我正收拾，预备回家。

律师却来找我，说："慢着。"

"什么事？"我是清白之身，何惧夜半敲门。

"袁祖康有东西留给你。"

"他有什么？"

"我也不知道。他原来有物存放在银行，立明遗嘱，在他去世后交予你，而当你有什么事，则予以开启。"

"开启？是什么，一只盒子？"

"不，是两只密封的大型牛皮纸信壳。"

"里面是什么？"

圆舞　　203

"不知道。"

"既然是给我的东西，让我看看。"

"不在我们处，我可以带你去看看。"

袁祖康袁祖康，你葫芦里卖什么药?

我叹了一口气，死者为大，我只得跟张伯伦走。

途中张伯伦忍不住问："对于袁氏，你到底知道多少?"

我扪心自问，知道多少?

一点也不知道。

真抱歉，对他的底细一无所知。

他在什么地方出生，在何处受教育，如何在西方都会崛起，我皆
一无所知。甚至他与什么人来往，我也不甚了了。

因为，正如他所说，我从来没有爱过他。

所以，一切都不重要。

我关心他，如对一个朋友，而我从小甚少朋友，所以重视袁祖康。

知道多少? 唯一所知道的，便是他对我不薄。他欣赏我的姿色，
捧高我，将我放在台上。

这些年来，他总是哄着我，从未对我说过一句重话，无时无刻不
挖空心思地骗着我，好让我下台。当时或许不察，现时却深深感激，
他从不使我难堪。

袁祖康委任的律师出来见我们时，面色凝重。

客套介绍证明身份之后，我问他要那两份东西。

"它不在我们写字楼。"

我扬起一道眉毛。

"它们太重要，我们将之锁在泛亚银行的保管箱，由一个职员及阁下联同签名方可取得。"

任凭是谁到这个关头也会问："到底是什么？"

"我们不知道，但这封信对你或许有帮助。"

是袁祖康的字迹。他不能写中文，用的是英文。

握着他的信，我不禁微笑。

祖祖祖，你不愧是个好舞伴，舞步竟有这么多花式，叫人眼花缭乱。

我拆开信。

"承钰，我把两只信封留给你，但你必须牢牢记住，不要管它里面装的是什么，千万不要试图拆开它们，有人会来向你购买它们，律师会代你开价。永远爱你，祖。"

签署的日子，正是他死亡前一日。

这是他的遗嘱。

"买主来过没有？"我问。

"还没有。我们会与张伯伦先生联络。"

"谢谢你。"

我们离开事务所。

"每只信封值多少？"我问。

张伯伦说了个价钱。

我不相信耳朵，随即明白了："这是勒索，张伯伦，我知道信封里是什么。"我失声。

他很镇静："我们什么也不知道，也许是两张旧藏宝地图，可以使买主发财。周小姐，你悲恸过度，千万别胡言乱语。"

好一只狐狸。

"谁会来买它？"

"买主。"他真幽默。

他与我一起吃午餐。

我问："我会不会有危险？"

"绝对没有，买主知道你一无所知。"

"他们什么时候接头？"

"今日下午。"

"你怎么知道？"

"袁祖康如此吩咐。"

"我不需要钱。"

"但袁氏认为他欠你人情，"张伯伦说完这句话停了一停，"我也认为如此。"

我低下头。

帮我们离婚的，是张伯伦的事务所，一直为袁祖康诉讼的，也是他们。张伯伦很清楚我们之间的关系。

"我只能说一句话，我希望我的女人像你。"

"谢谢你。"

"这个地方你们常来？"

我点点头："俄国茶室，袁祖康以前是本城名人。"

"这话奇趣，你才是名人。"

"我？嘿，这城市早已遗忘我们。"

"有没有计划？"

"没有，我的生命没有计划。"

"我想即使有也没有用，因有一样事叫命运。"

我啜着咖啡，是的，张伯伦说得太正确。

"你的照片与真人的眼睛最使我们迷惑的是你仿佛极端渴望一个人一件事，到底是什么？"

我把思维拉回来，笑笑说："你。"

张伯伦被我整得啼笑皆非。

在下午，买主亲自上门。

第一位客人是中年男人，上来时身后跟着两名保镖，面孔不怒而威。我们一行人即时到毗邻的银行去开启保管箱，把东西交予他。

信封的尺码刚好放得下一卷录影带。

我们都认得该位先生，他是政客，非常受拥戴，一直在往上爬。

他以另一只信封作交换，看着我收下。

在这么尴尬的场合中，他维持风度，替我拉椅子点香烟，推门。

我开始明白祖做的是什么生意。

大家正在讶异，跟着出现的是当时红得发紫的玉女明星，由她母亲陪同，一起上来。

她大约只有十五六岁，身材成熟，表情细腻，一如成年女人。

她的令堂大人修养比较差，骨眼碌睛的与我们交换了信封，满心

怨怼地离去。

罪恶的大都市里什么事都会发生。

祖在过世之后还可以偿还他欠我的钱债。

张伯伦问："你不会留下来吧？"

我摇摇头，到公墓去献下最后一束花。我喃喃地说："祖，你原不必如此。"

张伯伦送我去飞机场。他说："如果你要见我，只需吹口哨。你懂得如何吹口哨，懂不？"

我笑了。

回到家中，姚永钦再向我求婚，我考虑这件事的可能性。

没有把这件事同马佩霞商量，她是一定反对的。她会问：姚永钦可以给你什么？

问题就在这里，我不需要他给我任何东西。

我一点不愁生活，只需要一个丈夫。只有不愁生活的女人才可以自由选择丈夫。

这种想法太过偏激，我知道。

但是一个人怎么跳舞呢，一个人怎么吃晚饭？一个人，又如何向傅于琛示威？

我太过想念这人。

往往上午起床，呆坐在书房中，点着一支烟，可以什么都不做，一直在脑海中温习我们共度的快乐时光。

一小时一小时过去，直到姚永钦催我吃午饭，直到他车子在楼下等，直到他上来按铃催。

多次在傅厦底下徘徊，想出其不意地上去看他。

说：婚姻生活还好吗，我也要结婚了。

或是：我们应在二十五年前私奔，你认为如何？

甚至买三文治，与他静静在办公室吃午餐，说几句体己话。

但我们当中永远隔着无关重要的事与人，因为我们互不信任，身边永远拉着个后备，充作烟幕，不甘示弱。

我记得那是一个滂沱大雨的早晨，雨自六点半开始下，它把我吵醒，起床开窗，之后靠在枕头上看清晨新闻。

我没有开灯，那种气氛像小镇生活，除了电视机声响，就是烤面包香。

真没想到门铃会响。

不会是姚永钦，他来不及起床。

那么是邮差，邮差总是按两次铃，为什么只得一次？

一个人闲得不能再闲的时候，猜门铃也变为游戏。

昏暗的早上，我拉开门，门外是一位穿雨衣的女士。

我立即说："我已经笃信主耶稣。"顺手要掩门。

"周承钰小姐？"

"是。"我诧异，"你是谁？"

"我是傅于琛太太。"

三秒钟后我才开亮走廊的灯，开启大门。

"请进来。"

　　她低着头走进来，雨衣不十分湿，自然有车子接载，我帮她脱下衣服挂好。

　　她细细地打量我："你便是周承钰？"

　　我摸摸乱发，摸摸面颊，苦笑地反问："闻名不如目见？"

　　"我们见过。"

　　"是，在你的婚礼上。"

　　"那日你非常漂亮。"

　　"那日睡足又化足了妆，"我说，"请坐。"

　　她坐下来。

　　"我没有见傅先生已经有一段时间，他好吗？"

　　"请问你上次见他，是几时？"

　　"是他同你的婚礼。"

　　"一年多了。"傅太太点点头。

　　"要不要喝些什么东西？"

　　"不，谢谢。"

　　她似乎很镇定，我也是。

　　我问心无愧，她总不能不让我想念傅于琛。

　　只见她把手袋放在膝盖上，打开，取出一叠照片给我看。

　　啊，聘了私家侦探，但与我有什么关系？

　　我至多不过在傅厦楼下来回踱步，那条大马路人人都走得。

　　我接过照片，一看，也不禁呆住。

　　我？

不由自主把照片挪近些，并且开亮灯。

"不，"傅太太的语气很奇突，"不是你。"

看仔细了，同傅于琛在一起的女子，果然不是我。

"很像，但不是你，"她说，"开头我们以为是，闹了很大的笑话。"

"像极了，"我说，"连我都会弄错。"

照片里的少女，正与傅于琛在泳池边嬉戏，看上去两个人很高兴，我希望我是她。

"这是谁？"我问。

"我也想问你。"

"我不认识她。"我点起一支烟。

"她也是模特儿。"

我莞尔："太太，我同你一样是女人，欲加之罪，何患无辞。"

"她长得这么像你。你认为这是巧合？"

"傅太太，你来是干什么？"

"我亦知道家事应在家中解决。我听过你同他的故事，我不要相信，亦不愿相信。我自信心太强了，你看他的情人，跟你长得一模一样，他永远不会忘记你，永远不能够，你胜利了。"

"我？喂喂喂，别把荣耀归于我，得到他的并不是我。"

傅太太绝望地说："是你，是你，是你。"

我不禁有点生气。

并不是我。

相信她手中一定还有更加亲密的照片，但这明明不是我，照片中

的少女比我小了三个号码。

她气急攻心，硬是要把账算在我头上。

"你打算怎么做？"我问。

"如果你是我，你会怎么做？"

是我，我永生永世都不会离开他，无论发生什么事。

"我已决定与他分手。"

"那为什么还来这里找我？"

"我实在寂寞，又不能向亲友倾诉，他们只会拿这件事当话柄，憋在心里，非得找个人讲出来不可。"

她黯然低下头。

听起来很荒谬，但马佩霞与我，也基于同样的原因而成为朋友。

雨一直没有停，天色暗得像晚上十一点。她并没有哭泣，都市人都是干的，榨不出眼泪来。

"很可惜，看得出他同她不会长久。"

"你怎么知道？"

"这样的女孩子，在本市有三十万名，何必为她终止一段婚姻。"

"你说得对，我对事不对人，他是无论如何不会回到我身边来。"

"我不明白你的意思。"

她再一次打开手袋，一连取出三四只信封，递给我。

我只得接过，打开信封，抽出内容来看。啊，全是同类型的少女，依稀看得出都像我十七八岁时模样，一般的长头发，大眼睛，匆忙间可以乱真。

他自什么地方找来那么多像周承钰的女孩子。

比周承钰还要像周承钰。

我变了，她们没有。

我长大了，她们没有。

我已沧桑，她们没有。

傅太太说："你明白了吧。"

我点点头。

"我不得不与他分手，可是以后的日子难挨，而你，你应当引以为荣，不是每一个女人可以获得那样的殊荣。"

我别转面孔，不知应该怎么想。

终于我说："他喜欢这种类型的女孩子。"

傅太太已经启门离去，只剩下一叠照片。

走廊里一直挂着面镜子，我对牢它摸摸乱发摸摸面孔。

傅于琛记忆中的周承钰，不是现在的周承钰。

一阵雷雨风自窗外刮进来，把茶几上的照片刮得一地都是。

第二天天晴，我去找马佩霞。她在公司里开箱子，见到我，丢下一切，跨过成堆的绫罗绸缎，欢喜地过来与我打招呼。

我除下眼镜，捉住她的手响亮地吻一下，自己先高兴起来，哈哈大笑。

"回来多久了？也不来与我们打一个招呼，躲在什么地方？要找，当然能把你掀出来，又怕得罪你。"

"我这不是出来了吗。"

"也穿得太破烂了,仿佛只有这一条老布裤,都穿了洞,还恋恋不舍。"

"快不能穿了,屁股越来越扁,肚子越来越凸,前后日渐同化,悲哀悲哀。"

马佩霞与她的助手大笑起来。

"这堆衣服,爱穿哪件就拿哪件,"她恳求,"打扮打扮。"

我摇摇头,在衣服堆坐下来。

"来,我同你介绍。"她自身后拉出一个年轻人。

那男子立刻大方地说:"你一定是鼎鼎大名,行家昵称'中国玉'的周承钰。"

我向马佩霞笑:"看,全世界都有人认得我。"

这个时候,才注意到马佩霞眼中有一丝温柔。啊,这个长着络腮胡子的年轻人在她心目中有分量。他比她要小三五年,但有什么关系。当下我按捺住好奇,但相信对年轻人另眼相看的语气已出卖了我。

"欧阳是本市的服装设计师,"马小姐说,"几时我给你看他的功课。"

"一定非常精彩。"

马佩霞抽空与我出去喝茶。

她羡慕地看着我:"怎么可以一下子瘦下来?最近我连水都不敢喝。"

"是为了欧阳吧。"我微笑。

马佩霞有点儿腼腆,过很久,她说:"其实是为了生活。"

我没听懂。

"大家都是为着改良目前的生活状况,他的设计,可以在我店里寄卖,而我,得到一个精明的助手。"

"但你们是有感情的。"

"这么一大把年纪了，还昏头昏脑谈恋爱不成。"

"骗不到自己，嗳？"我取笑她。

"我们最忠诚的朋友，也不过是自己，我不想哄自己。"

"在芸芸众生中，你选欧阳，相信历年来意图接触你的有为设计师不止一百名……爱是一种选择，你知道吗？"

"他对我很好，很会宠我，我也乐得享几年晚福。"

我看着她。

"多公平，"马佩霞嘲讽地说，"拿我所有的，去换我所没有的。我们又要比上一辈看得开，老一辈女人最要紧是抓住钱。"

"其余的都不重要，你快活吗？"

马佩霞点点头。

"还能要求什么。"我摊摊手。

"你赞成？"

"自然。"

"傅于琛不以为然。"

"他衰老了。"

"承钰，别残忍，"马佩霞骇笑，"他才没有。"

"别去理他，他最看不得别人开心。"

马佩霞不愿偏袒任何一方，只是尴尬地笑。

过一会儿她说："你们好像生分了。"又补一句，"你俩只有在对方非结婚时间中才方便见面。"又觉说得十分滑稽，忍不住笑起来。

我啼笑皆非，但十分体谅她此刻的心情，她快乐得忍不住要俏皮几句。

感情生活如意可令人返老还童。

"几时结婚？"

"年底，年底如何？"

"恭喜恭喜，他是一个幸运儿。"

"我更幸运，"马佩霞一定要帮着欧阳，"试想想，我又有什么好处，一个老女人。"

我更正她："一个拥有二十四爿店的老女人。"

马佩霞伸手推我一下，差点把我自椅子推至地下。

自那次开始，我发觉与女友聚会，胜过与男人多多。

尤其是姚永钦，与他在一起，永远无法集中心思。我发觉自己最爱利用见姚的时间来思考大问题，像到底要不要嫁给这个人呢。

答案是明显的不。

姚也决定给我一点颜色看，他开始约会其他有名气的女子，对我的态度变得阴阳怪气。

如果我是一个十分要面子的人，会来不及地自旁人手中把他抓回来，但我不是。

傅于琛找我的时候，还以为那把奇闷的声音属于姚永钦。

并没有称呼，一开口便说："我们该送什么礼？"

我听得莫名其妙，只得嗯嗯作响。

"什么都是她的，房子、车子、店铺、生意……"

这不是姚永钦，他们的声音原来这么相像，是为了这个才接受姚的追求吗？

我百感交集，他终于找到借口来接触我了。

"你真应该去看看，欧阳连牙刷都不带就可以搬进去。"

说完这句话，他讪笑自己："看我妒忌得多厉害。"

我清清喉咙，仍然无语。

"承钰，你说我送什么礼好？"

我发觉四肢暖洋洋，伸展在沙发上，紧紧抓住电话听筒，像是怕对方跑掉，声音低不可闻："要不要把他们两人干掉，我帮你。"

"她说你帮的是她。"

"我可以马上倒戈。"

"小人。"

那算得了什么，为他，再卑鄙的事我也不介意做。

"其实我很替她高兴，她一直知道她要的是什么。"

"而我不知道。"

"你别多心，"傅于琛说，"你的老同学回来了，问起你。"

"啊，曾约翰，郭加略？"

傅于琛沉默一会儿，轻笑："你永远分不清他们谁是谁。"

我有点窘："他如何？"

"很好，身任要职，结婚了，与父母兄弟共住，把家人照顾得极之周到。一日，喝了三杯啤酒之后，他说他永远不会忘记你。"

"谢谢他。"

"承钰，你心中记得谁呢？"

我不回答，拒绝回答这样愚蠢的问题。

"要不要听令堂大人的最新消息？"

"我们不能抓着电话说到天黑，出来好不好？"

他犹疑一刻："今天不行。"

他似初次被约会的少女。

"她怎么样，身体不好？"

"好得很呢，在欧洲检查完毕，身体一点毛病也没有。"

我放下心。

"男朋友比她年轻十八岁，承钰，我是不是老了，牢骚这么多，事事看不入眼。"

他只是太久没与我说话，一时间不知用哪个话题，杂乱无章。

"明天吧，明天上午我来接你。"

他没有等到明天。

我永恒性捧着一杯茶，在翻阅杂志，把收藏着的照片取出比较。

妇女杂志照例以显著的篇幅刊登着自我检查乳房硬块的文告。

电话铃响。

是姚永钦，他要求我与他出席一个宴会。我推辞他，一边心不在焉地看着那辑图文按着自己的身体。

"太费神了。"

"化个妆套件衣服不就可以。"

"你在说什么，光是做头发，画眉毛眼睛上粉就得四个钟头，我实在不想无端展览面相。"

他总是不肯放过我,我已略见不耐烦,话筒自一只手交到另一只手。

姚永钦恨恨地说:"我老觉得你在等一个人,"他停一停,"而那个人,不是我。"

"你可以请别人陪你。"

"说得真容易。"

"请体谅我的情绪。"

"你一生只顾着你的情绪。"

"你怎么知道,你并未曾认识我一生。"

"我有种感觉我们永远不会结婚。"他挂上电话。

我在某方面令他失望。

他以为我是我的职业,但我不是。我只是周承钰,杂志封面上的人,只是我为职业及酬劳作出的形象。

他并不明白,他认为模特儿应一日二十四小时用粉浆白了面孔随时应召亮相,他为我的身份认识我,希望我真人同形象一模一样。

但是我一天比一天更不肯打扮,他对我也一天比一天失望。

我放下杂志,该如何同他开口呢。

若由我先提出,他一定不甘心,姚是个长不大的孩子,非得装作由他撇掉我不可,多么复杂。

门铃响,我跳起来,是他追上门来了。我的天,运动衣套在身上已经有一日一夜,没有化妆,也没淋浴。唉,可不可以装不在家。抑或开门见山说:"你别再来烦我了。"

于是，沉下脸去应门。

是傅于琛。

他仍有全人类最使我心折的外形，等待应门，略有焦急之意。

一见到我，立刻欢愉地笑，一点不着痕迹，像是什么事都没发生过，像是我刚自寄宿学校回来。

为着配合他的演技，我实在不甘心认输，于是笑得比他还要愉快、含蓄，再也不会露出半丝心底事。

这样子下去还要到几时呢，太悲哀了，能不能除下伪装，做回自己，抑或届时会不可收拾，崩溃下来。

"我买了项链给佩霞，你来看看。"

"已经买了？她喜欢宝石大颗，设计简单那种，她一向说买首饰不是买手工。"

"我知道。"

盒子一打开来，我讪笑："还说知道，这是法国狄可，百分之九十是设计费。"

"这是你的。"傅于琛说。

"我？又不是我结婚。"我笑。

"你结婚时我没送礼。"

"我早已离婚，并且袁祖康已经过世。"

他连忙顾左右而言他："这才是送给佩霞的。"

"她会喜欢。"

我拎起重甸甸叠坠的项链，在脖子上比一比。

他怔怔地看着我，很久才低下头。

我说："那么好的女子，你也会放弃。"

傅于琛点点头："我所失去的，也不只马佩霞。"

"记不记得所有你爱过的女孩子？"

"长得美记得，长得不美的不记得。"

"到你七十岁的时候，会不会邀请所有的女子到你住宅聚会？"

他想一会儿："不会。"

"为什么？"

"过去是过去，能够忘记便忘记。"

"你真能做到完全忘记？"

他没有回答。

"傅太太一直派私家侦探侍候你。"

"我知道。"

我倒是不介意，太多假的周承钰，这次即使他们拍摄到真的周承钰，也不以为意，肯定将我误为其中一名假周承钰。

"你快嫁入姚家了吧。"

"马小姐告诉你的？"

"不，我自己看杂志报导。"

"我想不，他始有悔意。"

"你的意思是，你似有悔意？"

我但笑不语，深深陶醉在他的音容里。

"你打算这样浪掷一生？"

圆舞　　221

"我的一生还没有完呢，这样说殊不公平。"

他摇头。

"你总对我有伟大的寄望，不是每个人都可以成为某个人的。"

"我并不要你出名，我只希望你做些正经事。"

"好好好，我去淋浴，然后出去吃饭是正经。"我说。

傅于琛拿我一点办法也没有。

我们把马小姐也叫出来，不准她带欧阳，使她尴尬。

一边还要指桑骂槐："有些女人专报异性知遇之恩，十分痴迷，对亲友却格杀勿论，当然不是说你，你是见过世面的人，不致如此。"

马佩霞白我一眼："你乐疯了，有什么事值得这样狂。"

傅于琛坐着不出声。

喝了两杯，我握住马佩霞的手："为什么人会长大，你仍是我们家的人，岂不是好，让我们永永远远在一起。"

马佩霞的目光滞住，充满讶异。不，不是因为我说的话。我随着她的眼目转身看去，是姚永钦，贼遇见贼了，他身边拖着一个艳女。

我连忙别转头，真后悔，现在想从后门溜走都来不及。

"快，"我说，"救救我，用面粉袋罩住我。"

傅于琛一边向他们笑，一边咬牙切齿地说："来不及了，他们正走过来。"

太太太太尴尬，这姚永钦，为什么偷情不偷得隐蔽些。

他还要贼喊捉贼："啊，你还是化上妆穿好衣服出来了。"语气非常讽刺。

我低下头，假装没听见。

马佩霞笑眯眯地，有心幸灾乐祸。

傅于琛咳嗽一声，刚想拔刀相助，意料不到的事发生，姚永钦的女伴趋前一步，磁性的声音问："这位是不是周承钰小姐？"

"是，"我说，"我是。"

她似乎有点忘形："周小姐，你一向是我的偶像，久仰久仰，我姓乔，叫乔梅琳。"

马佩霞已经动容，我则好奇地看着这位漂亮的小姐，不能够明白自己怎么会成为她的偶像。

姚永钦对我说："我把梅琳送到她男友处即刻过来。"

我扬起一条眉毛，偷笑，他还要假装他同乔小姐不是一对儿。

他同那女郎走开去。

我连忙说："我们还不走，在这里等什么？"

马佩霞问我："你可知道乔梅琳是谁？"

"我不知道，我不关心。"

"在本市，她比你更出名，她是电影明星。"

"好极了，姚永钦可找到归宿了。"我站起来。

傅于琛双眼中全是笑意："你全然不爱他，是不是？"

姚永钦？我叹息一声。

我同傅于琛说："我之一生，只爱过一个，你说他是不是姚永钦？"

傅的眼神转到别的方向去。

马佩霞说："看她如坐针毡，我们不如走吧。"

傅于琛说:"晚饭还没有开始。"

马佩霞也说:"如果乔梅琳说仰慕我,我就不走了。"

我恼羞成怒:"你们这一对老情人真不愧是好搭档。"

马小姐看傅于琛一眼:"生气了。"

"你们两人不结婚真可惜,这样合拍,"我是由衷的,"到什么地方找这样的舞伴去。"

傅于琛说:"走吧。"

我们三人走到门口,姚永钦赶上来,我正眼也不去看他。

"承钰。"他叫我。

我指指双眼:"给我看见了,下不了台,不是我的错。"

"你呢,"他愤怒地说,"你何尝不是瞒着我装神弄鬼。"

"这是欧阳太太,这是我监护人,谁是神谁是鬼,你倒说说看。"

"嘿,监护人——"

"住嘴。"

"谁不知道——"

"住嘴。"

"你同他——"

我一拳打在他左眼上,他痛得后退怪叫,那句无礼丑陋的话总算没说下去。

我默默与傅于琛及马佩霞上车。

马小姐说:"你不必出手。"

我瞪她一眼:"都是你们,叫你们走,一直同我玩。"

"承钰，你不再是个儿童，你原可以做得大体些。"

傅于琛说："也许人家纽约作风是这样的。"

"你，"马佩霞气问，"太不负责，到现在还纵容她。"

傅于琛说："欧阳太太，这些事你就别理了，再管下去只怕你嫁不成。"

"让我下车，司机，停车。"

"佩霞，你已不是一个儿童，做得大体点。"

马佩霞才不说话了。

今夜不知发生什么事，大家忽然疯狂起来。近二十年的压抑，把我们逼成这样。

马佩霞喃喃说："我喝多了。"

把她送回家，欧阳闻声到园子来接，她对我们体贴了一辈子，总算有人对她也这样好，真替她高兴。

接着送我，傅于琛忽然问："累了没有？"

我一颗心提了起来。

"跳舞跳累没有？"

我沉默一会儿："这话应由我问你。"

"这么多舞伴，钟情于谁？"

"你呢？"

"你知道答案。"

我浑身寒毛竖了起来，激动地看着窗外。

过很久很久，我开口问："你的名誉呢，你的地位呢？"

他比谁都爱惜这些，因为得来实在太不容易。

圆舞　　225

谁知他反问："我的生命呢？"

我抬起头来："到家了。"

"锁上门，不要听电话，姚永钦说不定找上来，要不嫁他，要不叫他走。"

我摇摇头："他不会来。"

"你当然比我更清楚他。"

我们在门前道别。

多年来，我与他的感情似一本尚未打开的书，内容不为人知，如今好不容易已翻开扉页，又何必心急，已经等了这么些年。

我胸口暗暗绞动，只得再叹息一声。

"我明天来。"

我笑："门铃用三短两长，好叫我懂得开门。"

他伸出手摸摸我面颊，手是颤抖的。

回到屋内，呼出长长一口气。

并没有睡，坐在露台，直到天亮，看着天空渐渐由暗至明，感觉奇异。门铃第一次响，并不是三短两长，还是扑出去应，一时没想到玻璃长窗开着，整个人撞上去，首当其冲的是左胸，痛得我弯下腰来。

女佣讶异地看着我。

我边揉边叫她去应门。

是人送花上来，肥大的栀子花香气扑鼻，我微笑，取过卡片，看他写些什么。

乔梅琳。

226

轮到我不胜意外。她，这是什么意思，恭祝我同姚永钦闹翻，她平白捡个便宜？

忍不住冷笑，多么奇怪的表示心意方式。

她可以全权接收姚永钦，不必这么幽默。

不去理会她。

静静坐在早餐桌子上读报纸。

傅于琛还没有来。

他会不会食言？

这么些年来，他从来没应允过什么，也不必这么做。

电话铃响，我亲自去接。

"希望没有打扰你。"是陌生女子非常礼貌体贴磁性的声音。

我看看话筒，这是谁？

"你打错了。"

"周小姐吗，我是乔梅琳。"

"哦，是你，我收到你的花，谢谢。"我没有她那么客气。

"请别误会，姚永钦对我来说，什么都不是。"她急急解释。

我缓缓地说："这话怎么说呢，我也正想说，姚永钦在我这里没有地位。"

她喜悦地说："那么我们可以做朋友。"

乔梅琳这人好不奇怪，不是敌人，也不一定自动进为朋友，我尊重她与我一样，有份出卖色相的职业，故此敷衍地说："对不起，我在等一个比较重要的电话。"

"啊，我们下次再谈。"她仍然那么轻快。

"好的，下次吃茶。"我说。

"再见。"

姚永钦对她来说，不算什么？

随着报纸送上来的一份杂志的封面，正是乔梅琳。

我凝视杂志良久。

没到中午时分，我就外出了，胸口痛得吃不住。

医务所里摆着许多杂志，都是乔梅琳。现在流行她那种样子:健康、大胆、冶艳。

其实我与她的年纪差不多，但是我出道早，十年八年一过，仿佛已是老前辈，说乔梅琳与我都是二十多岁，没人会相信。

况且我狷介，她豪放，作风便差了一代。大家穿一条烂裤，味道是不同的，她那样穿是应该的，我穿便是邋遢。

她可以戴大块大块的假玻璃宝石，塑胶珠子，爬在烂泥中，而维持性感的形象。

我不行。

我要永生永世装个不食人间烟火的样子。

医生传我。

她年轻，外形也很漂亮，我嘲弄地想：看，如果我争气一点，说不定就是这位女医师。

她问:"马小姐介绍你来？"

"是。"

"什么事？"

"胸部撞了一下，痛不可当。"

"请躺下，我替你检查。"

她的手势很纯熟，我忽然警惕起来，这不是检查乳癌？同杂志介绍的步骤一模一样。

我留意医生的表情，她很安详，我也松弛一点。

她已经觉察到："不要紧张，身子干嘛抽搐？"

"没事吧。"

"这里有一个脂肪瘤。"

我看着她，希望在她双眼中，找到蛛丝马迹。

"我们依例抽样检查一下。"

我一骨碌自床上跳起来："我不过是来取两颗止痛药，没想到会有这样的麻烦。"

"很简单的——"

"我不想做。"

我扣纽子便走。

拉开医务所的门，便看到马佩霞。我恼怒地说："你的医生朋友是个郎中，我来止痛，她却几乎没推荐我把脑袋也换掉。"

医生没有生气，马佩霞却白我一眼。

我莫名其妙地激动。

医生过来说："不要害怕。"

我害怕，怕什么？拉着马佩霞就走。

到街上，风一吹，人醒过来，问马佩霞："你怎么来了？"

"来看你可需要照顾。"

"你原不必这样。"我握住她的手，"快要做新娘子了，忙不过来的苦，还得抽空出来照顾我。"

"怎么忽然客气起来。"她微笑。

我没有回答。

"承钰，我一直想，如果没有我，你同傅于琛不至于到现在这样吧。"

我一怔，失笑，人总是离不开自我中心，连温柔谦和的马佩霞都不例外，她把自己看得太重要了。

我不忍告诉她，她不过是傅于琛芸芸舞伴中的一名，即使舞姿出色，他也不会同她过一辈子。

当下我微笑道："我们现在不是很好吗？"

她不言语。

"我疲倦，要回去休息。"

"我送你。"

我没有拒绝。

车子到门口，马佩霞问："要不要我上来陪你？"

我摇摇头。

上得楼来，用锁匙开了门，看到客厅里坐着一位女客。我一怔，这是谁，我并没有约人。

女客闻声转过头来，见到我，立即扬声笑说："我是乔梅琳，不请自来，请勿见怪。"

我十分意外，多年来与老一代的人相处，已经学惯他们摸哑谜，很少接触到如此开门见山的人。

　　"嗨，"她说，"好吗？"

　　乔梅琳比晚上浓妆的她要年轻好几岁，一双眼睛晶光灿烂，照得我几乎睁不开眼来。

　　她精神这样充沛，像是服食了什么药似的。

　　我疲倦地说："乔小姐，今日我没准备见客，精神也不好。"

　　她立即问："有什么事，我能否帮你？"

　　多么热情，而且表露得那么自然率直坦诚，我深深诧异。

　　对我来说，相识十年，才可以成为朋友，而敌人——敌人要二十年的交情才够资格。

　　乔梅琳笑着说："我一直希望能够做得像你那样国际著名，成为哈泼杂志选出来的美女。"

　　"这两年有色模特儿大大抬头，风气所钟而已。"

　　她上门来，到底是为什么？

　　"我路过这儿，顺便探访你，如果你不介意，我们可否喝杯茶？"

　　"为姚永钦吗？"我为她的坦率所感染。

　　她一怔："不不不不不，"一叠声地说，"不是我夸口，似他那样的公子哥儿，本市是很多的，乔梅琳不必为他担心事。"

　　我笑问："那么你上来，是特地为了要与我做朋友？"

　　"有何不可呢？不是已经说过，我仰慕你已经有一段时候了。"

　　我去开了门："有空我们吃茶吧。"

"如果你真的关心姚永钦，那么让我告诉你，他昨天下午已经同另外一位小姐到里约热内卢度假去了。"

我喜出望外，随即压抑自己："啊是，里约热内卢在这种时候可美得很呢。"

"我希望你信任我。"

"再见。"

我在她身后关门，问女佣为何放陌生人进屋。

女佣大不以为然："她是乔梅琳，她不是陌生人。"

我倒在床上休息，却不能完全松弛，因为傅于琛的缘故，他今天要来与我摊牌。曲终人散，舞池只剩我们两个人，我想听他要说什么，我等了这么些年。

朦胧间只觉得女佣像是又放了人进来。

客人直入，到我床边推我，我睁开眼睛，是马佩霞。我取笑她："欧阳夫人，你怎么缠上了我？"

"承钰，不要再说笑话。"是傅于琛的声音。

永远的三人行，马佩霞说什么都要在要紧关头轧一脚，真正可恨。

"什么事？"

傅于琛看着我："承钰，我要你即刻入院检查。"

我一怔，原来如此。

"喂喂喂，别这么紧张好不好。"转头看马佩霞，"你那道上的朋友说了些什么？"

"她坚持你做切片。"

我坐起来笑问："为着什么？"

"穿衣服，"傅于琛说，"不要与时间开玩笑。"

"我不去。"

"承钰，只需二十分钟，我与你在一起。"

"你应该与欧阳在一起度蜜月。"

"你出院后我自然会去。"

"我要与傅于琛说两句话。"

"好，我在外头等你。"

我点起一支香烟，看着他："你又找到借口了。"

"我不明白你指什么。"

"你后悔了，又决定在音乐中留恋下去，可是？"

他温柔地说："废话。"

"我自医院出来，你又不知该同谁结婚了。"

"同你。"

我凝视他。

"你不学无术，除去结婚外，还能做什么。"

"我以为你永远不会问。"

"我要等你长大。"

"我早已经长大。"

"不，时间刚刚好，"他停一停，"怎么，还要不要同我结婚？"

"那是我自七岁开始唯一的宏愿。"

"是，我记得我们相识那年，你只有七岁。"

"当时你的舞伴，是一位黄小姐，叫伊莉莎白。"

"你记忆力真好，"他叹口气，"她嫁了别人后生活愉快，养了好几个孩子，都漂亮如安琪儿。"

他对黄小姐是另眼相看的。

"你心中再也没有事了？"

"没有，心病已经痊愈。"

"那么我们即刻出发到医院去。"

我还在犹疑。

"看在我分上，纯粹给我面子，可好？"

我换上衣服，马佩霞看到我们，按熄烟火站起来，说道："也只有你能够说服她。"

我已疲倦，华丽的跳舞裙子已经皱残，脚有点胀，巴不得可以脱掉鞋子松一松。我想坐下来，喝杯冰水，傅于琛建议得真合时。

医生替我局部麻醉，我睁着眼睛，看着乳白色的天花板。

许多事，都得独自担当，我的面相，我的生命，我的痛苦，都属于我自己。

母亲给我一个好看的躯壳，借着它，生活得比一般女子灿烂，我应当感激。

看护垂询我："一点都不痛，是不是？好了，你可以起来了，回家多喝点水，好好休息。"

"我肯定什么也不是。"

她也微笑说："当然什么都不是，只是买保险。"

她扶我起身。

只有傅于琛陪我回家。

"马佩霞呢？"

"她回去收拾行李。今晚去巴厘岛度蜜月。"

能够去那么闷的地方，他们多多少少有点真感情。

据我所知，傅于琛从来没有同他任何一任妻子去过那种地方。袁祖康与我也没有，我们尽往人堆里钻，夜夜笙歌，半年夫妻俩也说不到三句话。

在十年前，马佩霞这样快活的结局是不可能的，真感激社会风气开放。

我点着一支香烟。

"牙齿都黄了。"傅于琛嘀咕。

我莞尔。

来了，开始管头管脚了，那是必然的事。

"一天要抽多少？"

"我又没有别的乐趣，吃喝嫖赌全不对我，这是我唯一的嗜好，况且世界将近崩溃，非洲有些人民已经饿了十年，处处有战争，让我的牙齿安息吧。"

"承钰，我真不知拿你怎么样才好。"

"陪伴我。"

"我得到美国去一趟。"

"干嘛？"

"去离婚。"

啊是，他尚是有妇之夫。

"我一个人做什么？"

他微笑："你有你唯一的嗜好，我不担心。"

"快些回来。"

他说："开始限时限刻针对我了。"

我们紧紧拥抱。

纽约有电话来分配工作，我说要筹备婚事，暂时不想工作。他们引诱我："两天就放你走，四十八小时内保证你获得十二小时睡眠，婚前纪念作。"

"我要问过他。"

"问了第一次以后每次都得问，周小姐，你想清楚了？"

"我很清楚。"

"他很有钱吧。"

"市侩。"

"卢昂在这个时节非同小可呢，你一直喜欢金色雨花，站在树荫下，那些金黄色的小花不住落在你头上、脸上、身上，记得吗，金色的眼泪。"

"不。"

"你这个狠心的歹毒的无义气不识抬举的女人。"

"我必须先问过他。"

"你呼吸要不要征求他同意？"

"事实上，的确如此。"

236

他叫我落地狱，我说你请先。

不想再工作。模特儿生涯并不好过，一天变三个妆的时候，真觉脸皮会随着化妆扯脱，发型换了又换，大蓬头发随刷子扯将出来，心痛有什么用。

而且最不喜欢听见"啊你便是大名鼎鼎的周承钰"。一声啊之后，人们的双眼即时架上有色眼镜，再也看不到实实在在的周承钰，他们的幻想力如脱缰之马，去到不可思议的境界，陷我于万劫不复之地步。

我们都没有朋友，因为没有真人可以生活得如他们想象中那么精彩，一接触到真面目，他们往往有种被骗的感觉，十分失望。

脱离工作，过一段日子，人们会忘记，可幸他们的记忆力差。

夜长而沉闷，电话铃响，我似少女般跳跃过去。

"付于心。"我说。

"我是乔梅琳。"

她真的不放弃，存心要与我接近。

"你觉不觉得坐在家很闷。"

我觉得好笑，她会寂寞？

随即发觉不公平，想当然，我们都犯这个毛病，替别人乱戴帽子。

"当然闷，"我换了一个公正的角度说话，"我们在同一只船上。"

"要不要出来喝杯茶？"

"我不行，我要等电话。"

"他出了门？"

"是。"

圆舞　　237

"你至少还有个精神寄托。"

我觉得与乔梅琳颇为投契，一生从未接近过同龄女性，她有她的一套，热情、爽朗、自信，毫不犹疑地主动接触反应迟钝的我，难能可贵。

物以类聚，她也是个为盛名所累的女子。

"你要不要过来？"我终于邀请她，"吃一杯蜜糖茶，对皮肤有益。"

"我的皮肤糟透了。"

乔梅琳的派头比我大，也较懂得享受，驾一辆美丽的黑色跑车，惹人触目。

我笑说："我什么道具都没有。"

她凝视我："你不需要借力于任何道具。"

"你的开销一定是天文数字，"我说，"不过收入也必然惊人。"

她坐下来："怎么样才可以做到像你那样谦和？"

"我？我是最最孤僻的一个人。"我笑起来。

"我真的仰慕你，知道吗？"

"谢谢你，我也一样，请喝茶。"

她趋向前来，握住我的手。

我略表讶异，本能反应地轻轻缩回我的手。

"今天你心情好得多。"

她看出来，好不细心，比起我首次见她，心情差得远了。

乔梅琳手上的钻石非常大非常耀目，这也是我没有的，我什么都没有。

她像是知道我在想什么，笑着说："都是自己置的，没有利用过男

238

人，没有占过他们的便宜。”

这我相信，看得出来。

“那次同姚永钦出现，是赴一个制片的约，他叫他来接我。”她还要解释。

我笑了："梅琳，我想你不必介意了，他在里约热内卢不知多开心，我们真可以忘记他。”

“你同他来往，有三年了吧。”

“那段日子我非常沮丧，他帮了我许多。”

“我知道，当时你胖了许多。”

我点点头："你在杂志上读到？”

“是的，所以刚见面，就像认识你良久的样子。”

我释嫌，是会有这种感觉的，可惜我不大留意本市的花边新闻，否则可以礼尚往来。

“你的事业在巅峰吧。”我问。

“可以这样说。”

“我的却已完结了。”

梅琳笑："你有事业已算奇迹，你从不迫、逼、钻、营、撬、谋、推、霸……你没有完，你还没有开始。”

我睁大眼睛看着她。

是是是是，我需要这样的朋友，乔梅琳太好了，区区三言两语，说到我心坎儿里去。

她不但美貌，且有智慧，我越来越喜欢她。

她看看表："不早了，改天再来看你。"

轮到我依依不舍。

她较我独立得多，所以感觉上要比我年轻一大截。

我不能高飞，因为傅于琛是我的枷锁，但我是甘心的。

躺在床上，有种温存的感觉，那许多许多辛酸并不足妨碍什么。

电话一大清早响起来。

这一定是付于心。

"周承钰小姐。"

"我是。"

"德肋撒医院的王医师。"

我坐起来。

"你的报告出来了，周小姐，肿瘤内有恶性细胞，请你马上来一次。"

我呆了一会儿："我马上来。"

"一小时内见你。"

我只有二十八岁！

我跌坐在地上，痛入心肺。

这不是真的，我从来没有这样恐惧过，紧紧闭上眼睛，接着是愤怒，母亲已经活到五十多岁，什么毛病都没有，为什么偏偏是我，思路乱起来，耳畔充满嗡嗡声。

我想找傅于琛，但他在什么地方？我们一直玩捉迷藏，到最后也没法子知道双方的行踪。

我一个人到医院去。

"你要快快决定动哪一种手术。"

我僵坐着。

"第一种是整体切除。第二种是肿块连淋巴结一起切除，但有可能要接受六个月辐射治疗及六个月针药治疗。"

我低下头。

"假如你需要再次诊断，我们建议你迅速行动，不要拖延。"

我站起来。

"周小姐，康复的比率高达百分之六十以上，请快些决定动手术，我们可安排你在下星期入院。"

"谢谢你。"

"速速回来。"

我用手紧紧捂着脸，眼前金星乱冒。

我的天。

脚步蹒跚地走到医院门口，听见有人叫我。

"周承钰，周承钰。"

啊！茫茫人海，谁人叫我，谁人认识我？

我停住脚步，转过头去，乔梅琳坐在一辆敞篷车内向我招手。

我走近她。

她有一丝焦虑："女佣人说你在德肋撒医院，我找了来，有什么事吗？"

我脸如死灰地看着她："肯定要动手术。"

她脸色大变，痛惜地看着我。

我牵牵嘴角。

"上车来，我送你回家。"

在车上，梅琳沉实地简单地告诉我，她母亲两年前死于同一症候，经验仍在。

经过六十分钟讨论，我们安排在另一间医院做第二次检查。

梅琳冷静、镇定，办事效率一流，我们没有心情促膝谈心，对白断续，但结论往往一样。

她说："最主要是看你自己如何奋斗。"

我不出声。

"通知那位先生没有？"

"我不知道到什么地方去找他。"

梅琳深觉讶异，但没有追问。

我俩这一辈子注定要错过一切。

"不要紧，我们可以应付。"

我用手抱住头。

梅琳忽然问："怕吗？"

"怕得不得了。"

"要不要搬来同我一起住？"

"对你来说太麻烦了。"

"不是常常有这种机会的，有我在，热闹一点，你不会有时间深思。"

"让我想一想。"

"不要想了，他要是想找你，一定找得到。"

我想是，要找总找得到，一定是发生了什么事，不然不会三日三夜不同我通信息。

事实上，我在这一生，不懂爱别人，他几时来都不要紧，我总在等。

第二次检查报告亦建议即时施手术。

我在镜子里看自己，上天不高兴了，他给的，他收回。

我同意。

医生建议部分切除，损失不那么大，不至于残废，但事后一年的深切治疗，需要勇气及耐力沉着应付。

梅琳沉默良久："我赞成。"

我十分感动。

她原不必如此，普通新相识朋友，何必担这个关系，实牙实齿帮别人作决定，弄得不好，被人怪罪。

多少假撇清的人会得冠冕堂皇地把事情推得清洁溜溜："你自己想清楚吧，谁也不能帮你。"

我们在郊外喝茶。

"要找，还是找得到他的吧。"

"终究进病房去的，还是我，医生不要他。"

"你很勇敢。"

"真正勇敢的人才不作瓦全。"

"这样想是不正确的。"

"你说得很对，"我握住她的手，有点惭愧，"你对我太好了。"

"我们终于成为朋友。"梅琳说。

我点点头。

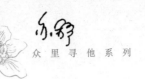
梅琳感慨："多年来也努力结交朋友，慷慨于时间及金钱，但每说的一句话每做的一件事转头便被夸张地转述误导，弄得精神非常困惑，以至于不想再浪费心血。谁叫我们做名人呢。"

"你太过紧张，因而耿耿于怀，面子不用看得太重。"

梅琳失笑："你一眼便看穿我的弱点。"

"请告诉我，手术后是否会变得非常丑陋。"

"母亲一直没有让我们看到，一定是可怕的，但部分切除应该好得多，你仍可任模特儿工作。"她说。

我伏在茶桌上不语。

"你害怕疤痕？"

我细声说："我统共只有一个美丽的躯壳，失去了它，什么都没有。"

"你不会失去它，你会生活下去，"梅琳说，"躯壳总会老却，失去美丽。"

"药物的副作用会使我头发掉光。"

"如果我是你，我不会担心那些，救命比较要紧。"

乔梅琳说得对。

与她在一起，我得到很多真理。

傅于琛终于有消息，这次是他找不到我，我拒绝透露行迹。

乔梅琳说："请他即刻回来。"

我摇头，不是在这种情况下，不要他看见我狼狈的样子。

他留言说下星期五会回到本市。

星期五，我在星期四动手术。

"我决定告假陪你。"梅琳说。

我摇头。

"有没有人陪都一样，大部分时间都是昏睡。"

"但你会知道有人等你醒来，那是不同的。"

醒来的时候，第一个动作便是将手探往左胸，略为安心，因为它还在。

接着看见傅于琛痛心愤怒的面孔。

他压抑着情绪问："痛吗？"

我摇摇头。

"为什么瞒着我？这等大事也不与我商量。"

我没力气分辩。

"幸亏挑了个好医生，你孤意独行还要到几时？"

我做了个哭笑难分的表情。

傅于琛仍似气急攻心："承钰，我永远不会原谅你。"

我别转面孔。

他以为我同他玩游戏。

接着梅琳进来，她看他一眼，然后轻轻伏到我病床上，握住我的手："医生说你很好，你过正常生活的成数极高。"

我点点头。

她用了一只新的香水，很浓郁的果子味，冲淡了消毒药水，使我略觉安全。

一个女子，有时需要另一个女子更多，因为只有她们了解，她们

明白。

梅琳说："你会活下去。"

我轻轻答："但失去头发及幽默感。"

"你不会。"

傅于琛震惊，才离开数天回来，已经物是人非，他再一次失去机会。

我闭上眼睛。

出院那一日，傅于琛来接我。

实在不愿意见到他，只差那么一点点，已可以达成毕生愿望，但生活总与我们开玩笑，你计划的是一样，发生的又是另一样。

胸口里充塞着泪水，但嘴角却牵动一个笑。

傅于琛轻轻说："我与医生详细谈过。"

当这件事结束，我们都会成为专家。

"只需要治疗一年，承钰，一年后你可以康复，医生有很大的把握。"

我什么也没说。

"明天，我们就去注册结婚。"

他把脸埋在我手心中，我感觉到他炙热的眼泪。

"承钰，"他呜咽说，"我伤心到绝点，不知怎么办好。"

"一年后再说吧，我或许会痊愈。"

"让我来照顾你。"

"不，我还想给你留一个好印象。"

"最好让佩霞看护你。"

"她要服侍自己的家，还是放过她吧，我有自己以及医生护士，会渡过难关的。"

"恳求你，不要拒绝我。"

"不会成功的，付于心。"

"承钰——"

我轻轻按住他的嘴："答应我一件事。"

"任何事，请你说。"

"不要再结婚。"

他应允我。

那只不过是转移他的注意力，使他觉得终于为我做了一件重要的事。

马佩霞在两个星期后蜜月回来。

一身太阳棕，看得出小心翼翼地搽过不少防晒品，但紫外线还在她脸上添了一大堆雀斑。我对着她摇头，她会后悔——一定是为着迁就欧阳，他是户外型。

她很为我担心："可以让我看看手术结果？"

我摇摇头："太不雅观了，因为坏细胞蔓延到四个淋巴结，连续三个月要躺在电疗器下。如果坏细胞伸延到二十个淋巴结，我不会坐在这里。"

"专用名词朗朗上口了。"

"这些都是我日常生活用字。"

她细细端详我。

我问她："婚姻生活愉快吗？"

"承钰，听说你最近同乔梅琳来往得很密。"

"她是我的朋友。"

马佩霞静一会儿："她是怎么样的一个人，你知道没有？"

"她是一个极其关心我的人。"

马佩霞点点头："其他不重要？"

"当然，不重要。"

"承钰，我们仍然爱护你，别忘记我们。"

"你在外头听了什么谣言？"

"承钰，你说得很对，一切不重要。"

马佩霞充满怜惜地趋近，用手细细触摸我面孔。

我握住了她的手。

"但愿你快快康复，再度投入工作。"

"谢谢你。"

她长长吁出一口气。

这一段日子最难熬，每日似上班一般，穿好衣服赴医院，躺在电疗室接受治疗，庞大的机器显得我身躯渺小。对护理人员来说，任何病体完全公平招待，臭皮囊的价值等于零。

但是梅琳总使我精神振奋，她每一日驾驶不同颜色的车子来接我，竭力驱走低压。

在那三个月根本没有见过别的朋友。

傅于琛来过。

看到傅于琛很高兴，但是没有主动的对白，只能微笑地回答他的问话。

不，我不想跳舞。

没有，医生说什么都可以吃，但最好以蔬果为主，有空多数看书。

梅琳每天与我一起，明年或许可以共游欧洲。

听到梅琳的名字，他缄默。

过一会儿他再要求："承钰，让我来照顾你。"

"我已经欠你很多，无法偿还，你实在不必与我一起挨这一年。"

"你情愿去欠一个陌生人的情。"

"梅琳不是陌生人。"

"是，我们现在都知道，她把你霸占着，别人难以接近你。"

"你要接近我做什么？"我问他，"我再也不比从前，连自己都不认识自己。"

"你应该知道我不是那样肤浅的人。"

傅于琛要证明什么呢？

为着旧时，为着表示他有深度，都是不够的。

我需要新生活，一个不知我过去真面目的朋友。

我说："过了这一年再说吧。"

他沉默地离去。

梅琳知道这件事之后说："他的情绪震荡平复后，不一定会再回来。"

"我知道。"

"为什么放弃他？"

我平静地说："一个病人没有精力谈其他，当务之急是要救治身体。"

梅琳并没有把这当为我由衷之言，连我自己都没有。

我微笑："认识傅于琛，几乎有一生那么长。"

她耐心地聆听。

"自我七岁开始,他已被我吸引,你知道为何?"

"因为你漂亮。"

"是的,而我现在已失去这股魅力。"

"他不见得那么浅薄。"

"不,不是他,是我,我无法忍受在他面前展露我现在的自己,浅薄的是我,我再也没想到上天会决定这么快取回我的天赋。"

梅琳看着我。

"我要傅于琛永远记住从前的周承钰,我不要他将两个周承钰比较。"

过了很久,梅琳才说:"你真的爱他,可是?"

我说是。

这句话算来,也已经有一年多了。

我一直与梅琳在一起,痛苦的药疗过程,几乎两个人一同挨过,梅琳处变不惊,药品一切罕见的副作用她都熟悉,唯一的分别是她母亲没有活下来,而我有。

对梅琳来说,这是心理上的一项胜利,是与我一起奋斗,她不觉疲倦。

当他们问我是否再能工作,我对牢镜子良久。为了报答梅琳,我说可以;为了报答马佩霞,我建议介绍欧阳的设计。

他们特地派人来看我。

我左臂不能像以前般活动自如,姿势不如以前挺直,一笑起来,眉梢眼角全部出卖我,而他们的新人如云。

"承钰吾爱，但是你的面孔有风霜的灵魂，我们有足够的青春女表演泳装直至二五五○，"他说了一连串名字，"同这些一级模特儿相比，你还真是小妹子呢，年龄不再那么重要了。"

我同梅琳笑说："终于走运了。"

梅琳拍拍我肩膀，传递无限鼓励。

我紧紧握住她的手。

纽约代理人凝视我俩良久，忽然惨痛惋惜地说："难怪我们越来越难娶妻，多么大的浪费。"

佩霞至为感激。对欧阳好，比对她好更能使她感动。

欧阳的设计在许多许多地方还非常的稚嫩，但此刻介绍出去也是时候了，他可以逐步改良。

她同我说："你熬过难关了。"

我摇头："还要过几年，五年复发死亡率是百分之三十。"

"你仍然容易疲劳？"

我点点头："皮肤时常无故发炎，呕吐，不过保持了大部分头发。"

"不说出来，旁人不会注意到。"

"如果与我一起住，什么都瞒不过。"

"所以你拒绝了傅于琛。"

"我太爱自己，不想他看到这些丑态。"

"换了是我，说什么都要逼欧阳目睹整个过程，我自私，决不放过他。"

我忍不住笑。

这样放肆的孩子气证明她的生活极之幸福。

马佩霞呼出一口气："你没有再与他见面？"

"他离开了本市，你不知道？"

马佩霞摇摇头："我只知道他那离婚官司打得极其痛苦，他的妻子痛恨他。"

"他还有你，你并不恨他。"

"但我也没有嫁给他。"

"这便是智慧。"

"承钰，你可恨他？"

"我永不会有机会知道，我只知道我与他不是什么可爱的人，距离保留了美好的幻觉。"

她问："梅琳将与你共赴洛杉矶？"

"一起去工作，她有影片拍摄。"

"你快乐吗？"

我微笑："多么艰难的一个问题，你怎么可希企我可以在闲谈间答复你。"

"我没想到她真的关心你。"

"我们都有失觉的时候，开头我也低估她。"

马佩霞问："傅于琛在外国干什么？"

"啧啧啧，欧阳太太，你对别的男人别太关心了才好。"

照片出来了，我一点都不喜欢。

照片中的我十分苍老憔悴瘦削，看上去似服食药物过多。

摄影师诧异我的挑剔："这批照片很漂亮，味道直追恩加路的亚诺爱咪。"

"爱咪小姐已接近五十高龄。"我握紧拳头。

梅琳笑了，前来解围："他们会处理底片。"

"梅琳，下次拍照，把你的头借给我。"

"我的头，跟尊头，差不多岁数，不管用。"

我们终于还是笑成一团。

笑底下，也并没有充满眼泪。

也许我并不是个敏感的女子，要求低，碰到什么是什么，走一步路算一步，总会生活下来，随遇而安。

我茫然转过头去看着梅琳，她了解地朝我微笑，一边轻轻摆摆手，示意我不要想得太多。

我复低头。

傅于琛才不会比她更了解我。

年轻的时候老认为得不到的才是最好的，现在却认为得到的才是最好的。

梅琳与我时常旅行，宽阔长身的裙子又回来了，我狠狠地买了十多件，穿着与她满欧洲逛。

梅琳即时爱上它们，因为舒服的缘故。

原来她以前没有穿过，对了，是我分外早熟，十三四岁被傅于琛扮作大人，要比梅琳多活十年。

自欧洲转往洛杉矶，她与工作人员会合，我等摄影组通告。

空闲时乱逛，有时坐在天台，一动不动。劫后余生，看到什么都

知道感激，只要不再见医生，什么都是好的。

梅琳喜欢老好莱坞，而我那收集东西的毛病又犯了，光是明星明信片就买了上千张。

梅琳说："那时候的明星才是真正的明星，形象华丽荒唐淫逸，观众可望不可即，像足天边一颗星，做着不是普通人可以做的事……你看看今日的明星，像什么，住一百平方米的公寓便要招待记者了，要不要老命。"

她像是后悔没赶上当年的盛况，把我引得笑起来。

"你也算是后辈中的佼佼者了。"

"太惭愧，如今高薪女白领也有六十万一年，公司福利还不算在内，一做可以到五十五岁退休，我们能赚多少，六十万片酬，一年两部？开销比人多十倍，做到三十岁，记者就开始劝你趁好收山了。"

梅琳第一次对我发牢骚。

"当然不是后悔，只是——"

我用力拍她的肩膀："去，到日落大道去，我们在好莱坞呢。"

"稍迟再去看兰道夫赫斯特为他情人建筑的堡垒，真不明白他可以爱她到那个地步……"

梅琳最近致力储蓄，颇觉辛苦，所以话多起来。

她说得对。从前时势不一样，满街是机会，连母亲都可以嫁完又嫁，不愁衣食，现在这种富裕的风景一去不再，各人手中的钱都不舍得花，个个精打细算。

如今的周承钰，大概只有往儿童院一条路。

梅琳计划再工作三年，与我移居北美洲。

这是个好主意，届时我俩色相已疲，找个地方躲起来做家务看电视度日是上选。

我们合伙在金门湾买下一层看得见海的公寓。

梅琳笑说："你，你负责一日三餐。"

"那还不容易，做一个罗宋汤足可以吃一个星期。"

袁祖康留给我的款子现在见功了。

梅琳的拍摄程序颇为紧凑，许多时候我做独行侠，替她购买杂物。

一时找不到她指定的洗头水牌子，逛遍超级市场，有点累，于是到一间小小海鲜馆子坐下，叫一客龙虾沙律。女侍过来替我斟咖啡，友善地问好。

越来越不介意一个人独处，有时还觉得甚为享受。

我已戒掉香烟，现在喝咖啡变成我唯一的人生乐趣。

"承钰。"

我抬起头来。

啊！是付于心。

淡淡中午阳光下看到他两鬓白发以及眼角性格的皱纹，他面孔上表情罕见的柔和，轻轻叫我名字，像是一提高声音，我便会似一只粉蝶拍动翅膀飞走。

我贪婪地看着他，不相信我们会遇上。这会不会是我精诚所至，产生的幻象？

过了好一会儿才能开口说话。

他先问我："一个人？"

我点点头。

"气色好多了。"

我微笑。

"战胜疾病了吧？"

"还在斗争。"

"真是勇敢，承钰，我低估了你。"

我冲动地站起来，推翻面前的咖啡杯子，溅了一裙子，我与傅于琛情不自禁紧紧拥抱。

他把我的头用力按在胸前，我整张脸埋在他西装襟里。这个姿势实在太熟悉，小时候稍不如意，便如此大哭一场，哭声遭衣服闷塞，转为呜咽，过一会儿也就好了。

过很久很久才抬起头来，泪流满面。

一直没有哭，因为难关没有熬过，自怜泄气，再也无力斗争。

他掏出雪白的手帕没头没脑替我擦脸，我笑起来。

"小心小心，"我说，"从前货真价实，现在眼睛鼻子可禁不住这般搓揉。"

他与我坐下来。

"在我眼中，你永远是小承钰。"

那是因为是他眼光不够犀利。

"老了。"

"怎么会。"

"无论你多不愿意，我再也不是从前的小女孩。"

256

他发一会子愣，低下头来。

"你不长大，我就不老，所以希望你一辈子是小孩。"

我微笑，无言。

"这些年来，你也吃了不少苦。"

"做人根本就是吃苦，谁不是呢。"不愿多说。

"承钰，让我补偿你。"

我一震，他一直未曾忘怀我，不过这可能是最后一次，他不见得会年年追问下去。

我低声说："我已不再美丽。"

"我不介意。"他握住我的手，放在他腮边。

"我介意。"

"你不必这样，如此说来，我何尝不是一日比一日丑陋。"

"你不同，你还拥有其他，而我现在什么都没有。"

"你愿意与乔梅琳共度一生？"

"不一定，但是目前我们相处得很好。"

"承钰，为何这么骄傲？"

我双眼看着远处，自卑的我不能在感情上满足他。

"我们做错了什么，承钰，如果这是圆舞，为什么到头来，双方经历这许多不同的事与人却没有与原先的舞伴离场？"

过了许久，我说："也许音乐不对，也许我们听错了，也许是另一种舞，不是这个跳法，我们表错了情？"

他落下泪来。

"但是曾经共舞，是我毕生快乐。"他紧紧闭上双眼，我把手帕还给他。

远处传来一把清脆的声音："傅于琛，付——于——心——"

我抬起头，大吃一惊。

一个才十四五岁的女孩子，一头长发，雪白瓜子脸，正在向我们走过来。她穿着小小一件衬衫，领子俏皮地往上翻，大圆裙，平底鞋，素净的面孔上没有化妆，只搽着樱桃红的口红。

我张大了嘴。

这是周承钰，这是我。

我离了魂，回到二十年之前，站在风里，一额头碎发飘拂，一脸笑容，眼目明亮，不惑地看着二十年后残缺的自身。

小女孩逐步走过来，我定定神，回到现实的世界来，轻轻同傅于琛说："找你呢。"

他转过头去。

"付于心。"她叫他，是她与他结伴来。

我站起来："我要走了，梅琳在等我。"

"承钰——"

我温和地朝女孩努努嘴，抓起手袋，匆匆离开馆子。

朝旅馆走去的时候，我一直想，一定是音乐不对，我与傅于琛，却会错了意，空在舞池中，逗留那么些时候，最后说再见的时候，没找到对方。

因为亦舒，我们在一起
亦舒书友会，期待您的加入……

　　真诚感谢您购买本书，请您详细填写本卡片背面各栏，寄回我公司地址，即可成为亦舒书友会会员，成为会员后，我们将以电邮方式通知您，并告知后续活动。

　　成为亦舒书友会会员，您将：
* 第一时间接收到亦舒新书出版信息，了解亦舒新书动态
* 我们将定期抽取幸运会员，赠送精美礼品（亦舒精美书签、语录、卡片……）
* 参与所在城市亦舒品读交流活动，和广大亦舒迷一起座谈，分享……
* 有机会参与亦舒签名售书活动，与亦舒面对面交流

亦舒·时光　征稿进行时！

　　即日起举办"亦舒·时光"征文活动，写下您读亦舒的心情与故事，写下您眼里的亦舒，记录您与亦舒相伴的时光，发到我们的投稿信箱，内容与题材不限。优秀稿件将以多种形式被录用，优秀作者将获赠精美礼品。

　　只要是您真挚的情感与体会，我们都将珍视，真诚期待您的来稿，和更多亦舒迷们一起分享。

投稿信箱：hongshufang@vip.sina.com
（来稿请在标题中注明"征文投稿"字样，并在文后写明您的联系方式）

亦舒书友会会员登记卡

请您认真填写以下每一栏

* 姓　　名：＿＿＿＿＿＿＿＿＿＿

* 性　　别：□男　□女

* 出生年月：＿＿＿＿＿＿＿＿＿

* 学　　历：□高中及高中以下　　　□专科或大学　　　□研究生以上

* 职　　业：□学生　□资讯　□传播　□行销　□服务　□金融　□自由　□其他

* E－mail：＿＿＿＿＿＿＿＿＿＿＿＿＿＿＿＿＿＿＿＿＿＿＿＿＿＿＿＿＿

* 联系电话：＿＿＿＿＿＿＿＿＿＿＿＿＿＿＿＿＿＿＿＿＿＿＿＿＿＿＿＿＿

* 地　　址：＿＿＿＿＿＿＿＿＿＿＿＿＿＿＿＿＿＿＿＿＿＿＿＿＿＿＿＿＿

* 邮　　编：＿＿＿＿＿＿＿＿＿＿＿＿＿＿＿＿＿＿＿＿＿＿＿＿＿＿＿＿＿

* 您购买的书名：＿＿＿＿＿＿＿＿＿＿＿＿＿＿＿＿＿＿＿＿＿＿＿＿＿＿＿

* 您读亦舒有多久：＿＿＿＿＿＿＿＿＿＿＿＿＿＿＿＿＿＿＿＿＿＿＿＿＿＿

* 最喜欢的亦舒作品：＿＿＿＿＿＿＿＿＿＿＿＿＿＿＿＿＿＿＿＿＿＿＿＿＿

* 最爱亦舒的一句话：＿＿＿＿＿＿＿＿＿＿＿＿＿＿＿＿＿＿＿＿＿＿＿＿＿

* 喜欢亦舒的原因：＿＿＿＿＿＿＿＿＿＿＿＿＿＿＿＿＿＿＿＿＿＿＿＿＿＿

* 您从何处得知本书消息：□书店　□网络　□报纸　□杂志　□他人推荐　□其他

* 购买方式：

（1）书店：＿＿＿＿＿＿＿省＿＿＿＿＿＿＿市＿＿＿＿＿＿＿书店

（2）网上购买：＿＿＿＿＿＿＿＿＿＿＿＿＿网

（3）其他：＿＿＿＿＿＿＿＿＿＿＿＿＿＿

* 您的建议：＿＿＿＿＿＿＿＿＿＿＿＿＿＿＿＿＿＿＿＿＿＿＿＿＿＿＿＿＿

＿＿＿＿＿＿＿＿＿＿＿＿＿＿＿＿＿＿＿＿＿＿＿＿＿＿＿＿＿＿＿＿＿＿＿

和元文化
Heyuan Culture Company

北京和元文化传播有限责任公司
北京红书坊文化发展有限公司
电话：010 84064770
传真：010 84064770
E－mail：hongshufang@vip.sina.com
地址：北京市朝阳区幸福村中路锦绣园A座1205室
邮编：100027